U0695722

古代哲理诗三百首

中华好诗词主题阅读

韩 达 编著

中国国际广播出版社

序　言

　　何为"哲理诗"？这个问题乍看起来很简单，但想要回答正确却是非常困难的。从字面上看，哲理诗就是诗与哲理的有机结合，诗歌的主要内容是阐发哲理，似乎这一类的作品都可以称作"哲理诗"。那么"哲理"的内容究竟涵盖了哪些方面，它又是如何与诗歌相互结合的呢？

　　"哲理"一词可以拆分来看，它包含了"哲"与"理"两个层面。从程度上说，"哲"更偏向于形而上的部分，而"理"则可以包含较为具体的概念，诸如情理、事理。中国古代的"哲理"指的是高深玄妙的道理，它更近似于古人所说的"道"，而今人则将这个内容的内涵和外延都加以扩大，用来指称宇宙和人生的原理。应该说，中国古代并不存在专门的"哲理诗"，这一概念的兴起完全是近代学术观念的产物。中国古代也不存在专门的哲理诗人，并没有专事创作"哲理诗"的作家。

　　那么，是否可以"简而化之"，为哲理诗下一个浅显通俗的定义，即根据诗歌内容或题材的分类，将诗歌中包含有阐发宇宙人生原理的诗歌统称为"哲理诗"。这个定义是否准确有待检验，因为一九七九年版的旧《辞海》为"哲理诗"所下的定义是"今人对于诗中包含哲理，不纯为情绪之抒写者。亦统称为哲理诗"。然而这个概念在新版《辞

海》中却不见踪迹，《辞源》、《现代汉语词典》也未收录这一词条，可见对于什么是"哲理诗"，学界尚未形成统一的认识。在定义不明的基础上谈论和分析"哲理诗"，似乎是一件不严肃的事情。

如果简单地以诗歌中包含哲理作为其定义，那么古往今来的所有诗歌都可以算作"哲理诗"。因为人的创作必定要经过理性思维的加工，这一过程中所反映出的理念都能够成为人类共同的精神体验。如果从字面意思去探究，从古代文献中去找寻资源的话，就会发现中国古人对于"哲理"的定义是非常宽泛的，"哲""理"的含义各式各样。如《周易·系辞上》："易简而天下之理得矣。天下之理得，而成位乎其中矣。"《说卦》云："穷理尽性以至于命。"《尚书·皋陶谟第四》："知人则哲，……能哲而惠。"《尚书·伊训第四》："敷求哲人，俾辅于尔后嗣。"

"理"包含了文理、事理、情理、物理、道理、义理、法理等内容，只要是人类理性思维的产物，都可以称之为"理"。而"哲"也往往与圣哲、睿哲、贤哲、哲人、哲思、明哲等联系起来，古人认为"哲"就是"智"，那么反映人类智慧成果的文化产物又怎么能不归入其中呢？从上述所列的内容可以发现，"哲理诗"难以定义的原因是二字所包含的含义过于宽泛，使得各个时代的诗论家在讨论时往往根据各自的标准进行阐释，则其得出的结论自然各不相同。归根到底，"哲理诗"所能涵盖的内容有多宽泛呢？

中国古人在谈到文学创作中的"理"时，往往指的是文章的内在逻辑或篇章结构，如陆机《文赋》："理扶质以立干，文垂条而结繁。"中国古代认为"文"的本意是花纹，是自然界存在的纹理发展而来的，这其中就隐含了杂乱无章的意思。因此，"理"或者说条理就成为"质"的主要内容，即通过充实的思想内容和有序的条理来纠正"文"本身存在的不足。而中国古代诗歌在发展过程中逐渐形成了追求"言有尽而意无穷"的艺术境界，这种境界与我们所熟悉的哲理或理性思维之间存在着差异，它是通过艺术感知的方式实现的，而非理性的推理过程。特别是西方哲学家们探讨的哲学思想，究竟如何在中国传统诗歌中表现就成为了一大难题。

　　中国古代关于"哲理诗"的诗论不在少数，它们各从不同角度展开论述，但争论的焦点大部分集中在是否要在诗中表现哲理或如何在诗中表现哲理为佳。赞同诗中表现哲理的诗论，其所谓的"哲理"并不是某种抽象的哲学思想，而是一种形象化的艺术趣味，即"理趣"。而反对者，则从诗歌本身的艺术特点出发，排斥在诗歌中使用陈说道理的方式来进行创作。中国历史上也曾出现过专门表现哲理的诗歌玄言诗，就因为其直接说理的方式而被钟嵘斥为"理过其辞，淡乎寡味"。严羽则针对宋人以理学为诗的"弊端"进行抨击："诗有别趣，非关理也。"而赞成诗歌中表现"道理"的诗论家则有唐代的诗论家皎然，他在《诗式》中说："诗有七德，一识理，二高古，三典丽，四风流，五精神，六质干，七体裁。"宋代的范温也在自己的著作中肯定了诗文有"理"的好处："世俗喜绮丽，知文者能轻之。后生好风花，老大即厌之。然文章论当理不当理耳，苟当于理，则绮丽风花同入于妙。苟不当理，则一切皆为长语。"

　　这两种截然相反的意见看似矛盾，实际上却是殊途同归的，他们所反对的不是诗歌是否含有"理"本身，而是"理"的表达方式问题。这就回到我们最初提出的那个问题，哲理是如何与诗歌相互结合的。表现抽象的玄理本身无可厚非，但是如果因此破坏了诗歌本身的美感，这种行为就是不可原谅的。好的哲理诗应该"尚意兴而理在其中"，比如范温《潜溪诗眼》所举的优秀的哲理诗的例子就是杜甫的《陪郑广文游何将军山林十首》："绿垂风折笋，红绽雨肥梅。"总结哲理与诗结合的典范评论，应该是潘德舆《养一斋诗话》所说的："理语不必入诗中，诗境不可出理外。"如果能够按照这一原则来创作和评判哲理诗的话，那么庶几可得之吧。

　　"理"与诗结合的问题解决后，我们还是要回到"哲理"本身所包含的内涵问题。我们今天受到政治意识形态的影响，对于"哲理"的评判更多地偏向于成系统、成理论的哲学体系。比如唯心主义哲学、

唯物主义哲学等。而在中国古代诗歌中，这些后起的哲学概念能够有多少相似的成分进入诗歌呢？如果依照我们今天的评判标准来看，中国古典诗歌中的哲理成分实在是少得可怜。依照这一原则，我们是无法选择出优秀的哲理诗进行赏析的。因此，我们需要一个更为通脱的概念来描述中国古典诗歌中的"哲理"因素。余致力先生《古诗哲理·绪言》中的说法似乎可以为我们提供借鉴的可能，他认为中国古典诗歌中所谓的"哲理"大多是"人生体验的哲理"。他说："如果说先秦的理性时代，崇尚的是带客观性的理性的社会哲理，那么，近世的理性时代，崇尚的则是带主观性的感性的人生哲理。探索人生哲理，已成为当代的一种风气，无论是创作，或者鉴赏，所追求的主要是属于内宇宙的人生哲理，因此，我们当前所谓的'哲理诗'，其哲理内容，基本上也限于人生体验的哲理。理性时代的复归，不是简单的回复，而是由外宇宙转向内宇宙，由社会性的客体理性，转化为精神性的主体理性。"

按照余致力先生的标准，我们最终可以为"哲理诗"下一个定义，那就是以具体的、形象的诗歌语言营造出传达人生体验的哲理的诗歌，它们所具有的普遍特点是"理趣"，其所反映的哲理是内宇宙的带主观性的感性的人生哲理。

但是值得注意的是，我们不能把那些反映客观世界运行哲理的诗歌，或是阐述佛道教义、理学心学的诗歌统统排除在"哲理诗"之外，因为根据"哲理"自身最基本的定义，这些诗歌也是哲理诗的有机组成部分。它们虽然在表达方式上略显"粗暴"和"疏劣"，但是我们欣赏哲理诗的目的是为了从中得到精神知识的提高和充实，这些诗歌的内容往往反映其所处时代哲学发展的最新成果，如果将其忽略无视，则无法全盘地掌握哲理诗的内涵。

因此，本书在选择"哲理诗"的过程中，兼顾了上述二者的情况，诸如佛偈、理学诗等诗作都有所选取，力图还原历史的真实图景。

从哲理诗的创作上看，它具有以下几个特征。

首先，中国古代哲理诗中所蕴含的哲理往往是作者由一时一地的主观感受引发的，它与西方哲学概念中的"理性"具有很大的差异性。中国古代哲理诗的体验性或者说主观性非常强烈，这可以用《诗人序》的说法予以概括，即："诗者，志之所之也。在心为志，发言为诗，情动于中而形于言。"诗歌中所传递出的"哲理"具有会意的特征，它是将人某时某地的特殊感受进行抽象提炼，从而总结出一种超越时空的普遍情绪，这种普遍情绪能够引起人的共鸣。之所以说它的主观性强，乃是因为这种抽象提炼的本身是感性的，而非由理性思维推导得出。作者创作的目的并非为了"究其原委"，而是为了展示其所获得的独特感受。因为一般来说，哲学的目的是为了解决人类生存的终极问题，而此问题的解决是由问题意识构成的，即所谓的"为什么""有哪些"和"如何办"，其本质上是由主观到客观的。而中国古代哲理诗却往往不包含这三个层面，至多达到提出问题的程度。读者在阅读过程中所获得的"哲理性启发"是个人经验与作者之间所产生的共鸣，这种共鸣具有主观性。而文学作品的多义性特征也导致了解读诗歌过程中标准不统一的结果。这些都是中国古代哲理诗所具有的特点。

　　其次，中国古代哲理诗中的"哲理"是通过物象表达的，而不是理论推导的产物，即使是反映某些哲学观点的诗歌，比如理学诗，也往往需要借助意象的帮助，这是中国古典诗歌美学的要求造成的。众所周知，中国古代诗歌的顶峰和标志是唐代诗歌，特别是盛唐诗，几乎成为中国诗歌的代名词。而盛唐诗所独具的"羚羊挂角，无迹可寻"的美学特点，与要求逻辑严谨、推导缜密的哲学思维之间存在着差异，二者是一对矛盾。虽然中国古人很早就发现了言、意、象三者之间的关系，但是在具体创作过程中却始终偏向于"言"和"象"，而较为忽视"意"。或者说，中国古代诗歌没有直接表意的传统，而是使用比喻、象征手法去体现哲理。这就造成了中国古代哲理诗中的"哲理"往往具有鲜活的形象性。

　　再次，中国古代哲理诗中的"哲理"往往具有很强的时代背景因素，

作者的个人经历与人生体验限制了哲理的抽象性，使它具有很强的具体性。虽然它也能经过提炼而运用到其他领域，但是这一过程需要借助于读者的帮助，即阅读者的阐释。通过阅读者自身的经验来取消"哲理"的具体性，从而使"哲理"产生丰富的变化，但一般来说，中国古代哲理诗的发散性明显不及西方诗歌。这是因为中国古代诗歌擅长使用典故，而典故本身就又含有一层意义，层层叠加的意义限制了"哲理"的自由表达。因此，要理解中国古典诗歌中的哲理意味往往要求阅读者能够了解作者的背景、家世以及所处时代的特征，甚至能够了解诗歌创作的具体原因，这样才有助于读者更好地理解诗中所蕴含的哲理。

最后，中国古代哲理诗的"哲理"是变化的，多样的。从解读诗歌的角度看，阅读者的参与为诗歌哲理的新发现提供了可能。因为中国古代诗歌基本是由作者的主观感受引发的，而阅读者的主观感受不可能与作者完全一致，他们所理解的哲理性肯定互不相同。从哲理诗诞生的时代背景看，作者当时所要阐述的哲理往往是针对某一个具体事件而发的，这些事件并不会影响到今人的思想情绪，他们可以根据自己的需要自由地再创造。这种创造本身就是对诗歌哲理性的重新定义，使得原来具体的哲理变化成为适用性较强的其他哲理。诗歌的朦胧多义是这种解读方法的契机，哲理意蕴从某一角度或某个层面转换跳跃到更多角度、更多层面的过程，实际上是时代变化、旧事物消亡所带来的新的转机。《大雅·文王》说："周虽旧邦，其命维新。"或许可以为此特点提供一个不是那么准确的注脚吧。

本书所选取的由汉魏至明清的近三百首诗歌皆是按照上述原则组织编写的，每首诗大都附有题解和注释。题解部分试图还原作者创作时的本意以及所要表达的"哲思"。但因为文学作品解读的个人性，鉴赏文字仅仅代表编者的想法，所以难以满足所有读者对诗歌的想象，乃至肯定会出现"曲解"及"强解"的缺憾。本书所提供的仅仅是一条阅读的线索，希望读者能够根据自己的经验背景，阅读这些中华民族创造的最高精神产物，得出对自己有益的结论，那么本书编集的目的也就达到了。

由于编者的学术水平有限，大量参考了前人的著作和学术研究成果，诸如余致力《古诗哲理》《哲理诗精华评析》、徐应佩《历代哲理诗鉴赏辞典》、郭维森《诗思与哲思》等，在这里对前辈学者的辛勤工作表示由衷的敬意！由于本书中采用了不少前人的说法，掠美之举，还请各位读者多多见谅。

韩　达

目 录

目 录

目 录

目 录

目 录

目录

目 录

目录

目 录

目 录

目 录

目 录

长歌行 三首选一

汉·《乐府诗集》

其 一

青青园中葵①，朝露待日晞②。
阳春布德泽，万物生光晖③。
常恐秋节至，焜黄华叶衰④。
百川东到海，何时复西归。
少壮不努力，老大徒伤悲⑤。

【题解】

此诗出自汉《乐府诗集》，《长歌行》属于相和歌辞平调曲，歌辞共三首，这是其中的第一首，是一首劝导人们勤勉惜时的哲理诗。天地的悠长与人生的短暂，无限时空与有限生命，这种永恒存在的矛盾，往往能够引起人对于生命消亡的危机感，也往往能激起人类对于人生意义和价值的哲学思索。

此诗以青葵、朝露比喻阳春时的勃勃生机，而后笔锋瞬转，描绘了秋风一至，万木萧条的衰飒，以万物不负春，劝勉人不负时光，前后形成了鲜明的对比。以草木之衰败，比喻时光难留。作者诗意未尽，紧接着又用百川东流的意象来表现时光飞逝的不可逆。作者最后振聋发聩地点出全诗的主旨，告诫人们应该珍惜青春年华，发奋努力，不要等到老之将至，悔之不及。

【注释】

①葵：一种蔬菜。我国古代重要蔬菜之一。可腌制，称葵菹。

② 晞：干、干燥。《毛诗》曰："湛湛露斯，匪阳不晞。"毛苌注曰："晞，乾也。"此句《文选》李善注作"朝露行日晞"。

③ 晖：同"辉"，光辉，明亮貌。

④ 焜黄：色衰貌。此句《文选》六臣注本作"焜黄华蕊衰"。

⑤ 徒伤悲：《文选》李善注作"乃伤悲"，"伤悲"或作"悲伤"。

【名句】

少壮不努力，老大徒伤悲。

君子行

汉·《乐府诗集》

君子防未然，不处嫌疑间。
瓜田不纳履①，李下不正冠②。
周公下白屋，吐哺③不及餐。
一沐三握发④，后人称圣贤。

【题解】

诗歌阐明的是人世间最为简明扼要的道理，有德行的君子应该立身谨慎。如何避免引起人的怀疑，自招祸端呢？作者使用了形象化的手法来说明，行走在瓜田中不要整理鞋袜，免得引起看瓜人的误会；行走在李树下的时候也不要整理帽子，免得让人觉得是在偷李子。越是深处高位的人，越要懂得不引起误会的做法。好比周公，哪怕正在吃饭，一听到有人来访，就立即吐出已经吃到嘴里的饭菜前去接待；他在洗澡中三次握着没有洗完的头发，出来接待上访的客人。正是这种礼贤下士、虚心纳谏的态度，为他身后赢得了圣贤的盛名。周公代表的是中国人盛赞的两种美德："远嫌疑""谦处下"。

【注 释】

① 纳履：穿鞋。
② 正冠：整理冠带。
③ 吐哺：吐出嘴里的饭菜。
④ 握发：洗发时多次挽束头发停下来不洗。

步出夏门行·龟虽寿

东汉·曹操

神龟虽寿，犹有竟①时。
腾蛇②乘雾，终为土灰。
老骥伏枥③，志在千里。
烈士④暮年，壮心不已。
盈缩⑤之期，不但在天。
养怡之福，可得永年。
幸甚至哉，歌以咏志。

【题 解】

《步出夏门行》是曹操用乐府旧题创作的组诗，作于建安十二年征讨乌桓时。组诗共四解，开头有"艳"。此解主要表达了胜利之后作者的思考。诗歌通过形象化的手法，表达了诗人的人生态度，具有丰厚的哲学意蕴。

　　诗的前四句描写被人们视为长寿象征的神龟和螣蛇都终有化为土灰的一日，而人类与其相比，生命就更为短暂。在这有限的生命中，如何实现个体价值的最大化呢？作者以个人的切身体会，提出了哲理意蕴浓郁的名句："老骥伏枥，志在千里。烈士暮年，壮心不已。"即使生命已经走完大半旅程，仍旧不愿停止对理想的追求，人的寿命或许是有限的，但是奋斗是没有止境的。人应该通过不懈的奋斗，掌握或改变自己的命运，这就是《易·乾·象》所说的："天行健，君子以自强不息。"曹操的诗句是对我国传统哲学精华的形象阐述。

【注 释】

①竟：终结。

②螣（téng）蛇：一作"腾蛇"。传说中的神兽，能腾云驾雾，与龙同类。

③枥：马厩，马棚。

④烈士：积极于建功立业的刚烈之士。

⑤盈缩：盈，圆满。缩，亏欠，不足。最初指天象的变化，《文子·精诚》云："政失於春，岁星盈缩，不居其常。"后用以指代人寿的长短或成败祸福之事。

【名 句】

老骥伏枥，志在千里。

烈士暮年，壮心不已。

杂 诗

三国魏·曹植

悠悠远行客，去家千余里。
出亦无所之^①，入亦无所止^②。
浮云翳^③日光，悲风^④动地起。

【题解】

　　诗歌虽然吐露的是作者个人境遇的困顿之情，却反映了所有身处逆境者所应进行的哲学思考。

　　曹植借用游子离家无归，比喻贤臣无处可栖的穷困。好比远游之人，出门无所停顿之处，也不知何处能够落脚，念及此处，不禁悲从中来。作者认为是那些进谗小人阻挡了自己的尽忠之路，如同天上的浮云暂时遮蔽太阳的光辉。曹植的痛苦是所有仁人志士、有志功业者的痛苦。当他们的人生境遇与理想志愿发生激烈碰撞时，往往产生巨大的张力，穷途困境往往是思索人生意义最重要的心理依托，只有在这种情形下，人才能真正地认识自我。曹植等人"有志不获聘"的悲叹说明，他们虽然遭逢了人生的不幸，但是并未因此消沉，反而迸发出更为激烈的情感。这是他们所受的儒家哲学的影响，也是当时激烈变革的时代背景所致。

【注释】

　　①之：到。

　　②止：停止，休息。

　　③翳（yì）：遮蔽、掩盖。本意指用羽毛做的华盖，后引申为起障蔽作用的东西。

　　④悲风：使人倍觉凄凉的风声，曹植《野田黄雀行》："高树多悲风。"

赠从弟 三首选一

三国魏·刘桢

其 二

亭亭山上松，瑟瑟^①谷中风。

风声一何盛，松枝一何劲。

冰霜正惨凄^②，终岁常端正。

岂不罹^③凝寒，松柏有本性。

【题解】

刘桢，汉末魏初的著名诗人，"建安七子"之一。此诗为《赠从弟》中的第二首，以比兴为主要手法。诗歌题目是"赠从弟"，是对家人的谆谆教导，其中蕴含着刘桢对精神操守问题的哲学思考。风迅疾猛烈，却不能改变松柏的挺拔刚劲；冬霜冰雪，也不能使它改变端正挺立的姿态。不是因为它没有遭受严寒的侵袭，而是因为它有着坚强的本性，不因外界条件的变化而变化。此诗蕴含的哲理是，同样的外部环境，寒冬使得花草凋谢，而青松却亭亭直立。人也面临相同的困境，面对险恶的环境，懦者屈服，强者不屈，即是因为他们的本性不同，性格使然。

【注释】

① 瑟瑟：形容轻微的声音或风声。

② 惨凄：凛冽、严酷。

③ 罹：遭受。

【名句】

风声一何盛，松枝一何劲。

隐士诗

三国魏·阮瑀

四皓^①隐南岳。老莱^②窜河滨。
颜回^③乐陋巷。许由^④安贱贫。
伯夷^⑤饿首阳。天下归其仁。
何患处贫苦。但当守明真。

【题 解】

阮瑀，"建安七子"之一。汉代末年，政局混乱。一些博学鸿儒纷纷采取隐居的方式来躲避战乱。阮瑀此诗有着深刻的社会背景。他首先罗列了一些历史上知名的隐士，商山四皓、老莱子、颜回、许由、伯夷叔齐，赞扬了他们不慕富贵的道德操守。但是这些隐士为何能够达到这种精神境界？在纷扰的外界诱惑下，他们是如何保持内心的澄明与独立的？这是诗人思索的问题，他最后得出了既怀感叹又富哲思的答案："只要守住内心的澄明，对自我有着正确的认识，达到纯真的思想境界，何患处于贫苦的状态呢？"

【注 释】

①四皓：商山四皓，见于《史记·留侯世家》。他们是秦朝的四位博士，

东园公、夏黄公、绮里季、甪（lù）里先生，他们因躲避秦末战乱，隐居于商山。后汉高祖刘邦屡次请其下山，四皓避而不见，并作《紫芝歌》以名心迹。吕后在张良的指点下请四皓下山，辅佐当时地位岌岌可危的太子刘盈，最终打消了刘邦改立太子的想法。

② 老莱：老莱子，《史记·老庄申韩列传》云："老子者，楚苦县厉乡曲仁里人也。名耳，字聃，姓李氏。"老子本名李耳，古人将其与古代传说中的老聃、老莱子混为一谈，其实本为一人。他是道家学说的创始人，著有《道德经》。

③ 颜回：颜回，字子渊。他是孔子的弟子，十四岁拜孔子为师，在孔门诸弟子中，孔子对他的称赞最多，称许他是"好学"的"仁人"。《论语·雍也》说："一箪食，一瓢饮，在陋巷，人不堪其忧，回也不改其乐。"阮瑀此诗即用此典。

④ 许由：许由是传说中尧舜时代的贤人，帝尧听说了他的贤能，意欲传位于他，在颍水旁边终于遇到了许由，但许由却认为帝尧的话弄脏了他的耳朵，他到颍水边洗耳，表示不愿听到这些世俗浊言。

⑤ 伯夷：伯夷、叔齐。见于《史记·伯夷列传》，他们是商末孤竹国君的两位公子，相传其父临终要求传位于叔齐，但叔齐以伯夷为兄长为由，坚辞不受。而伯夷也不愿违背父亲的遗言而即位。兄弟二人相让不休，同时出逃。他们因为进谏武王不要伐纣不听，而隐居首阳山，最终耻食周粟，饿死在山上。

百一诗 一百一十首选三

三国魏·应璩

其　一

下流①不可处，君子慎厥初②。

名高不宿著，易用受侵诬。

前者隳官^③去，有人适我闾^④。

田家无所有，酌醴^⑤焚枯鱼^⑥。

问我何功德，三入承明庐^⑦。

所占于此土，是谓仁智居。

文章不经国，筐箧无尺书。

用等称才学，往往见叹誉^⑧。

避席跪自陈，贱子实空虚。

宋人遇周客^⑨，惭愧靡所如。

【题 解】

应璩，三国时曹魏文学家，"建安七子"应玚之弟。全诗开宗明义，阐明君子处世之道。所谓"下流"，指的是自甘堕落、不思进取的人生态度。作者认为君子在任何时刻都要谨慎小心，以防一失足成千古恨。接着哀叹"志士"难用的困境。他弃官而去，不愿再在污浊的朝局中厮混。他选择道家退隐避让只是权宜之计，心中秉持的仍是儒家看重的治国安邦的理想。所以他自夸曾"三入承明庐"，承明殿是汉代的皇家图书馆，也是英才聚集的地方，可见作者对个人的期许。然而，诗歌紧接着描述了才高者和寡、佼佼者易折的窘况。作者的才学越高，所受的猜忌和诽谤就越厉害，作者也只能"自谦"以退避。作者最后引用"燕石藏珍"的典故，比喻自己实际上是如同瓦块一般的无用之人，之所以受到重用，全是因为他人的误赏。作者最后以谦逊自贬作结，体现了宽大气度，同时也看透了"名高易损"的道理。

【注 释】

① 下流：末流，众恶所归的地方。《论语·子张》："纣之不善，不如是之甚也。是以君子恶居下流，天下之恶皆归焉。"

② 厥初：开始，开端。厥，发语词。《尚书》："尔其戒哉，慎厥初惟厥终。"

③ 隳官：弃官。隳，毁坏，动摇。

④ 闾：里巷的门，引申指家门。《说文解字》："闾，里门也。"

⑤ 酌醴：倒酒，引申为饮酒之意。《诗·小雅·吉日》："发彼小豝，殪此大兕。以御宾客，且以酌醴。"

⑥ 枯鱼：干枯的鱼，引申为困境。《庄子·外物》："曾不如早索我於枯鱼之肆矣。"

⑦ 承明庐：承明殿，汉代的皇家藏书之所。

⑧ 叹誉：称誉。

⑨ 宋人、周客：见《太平御览·地部·石上》："宋之愚人，得燕石於梧台之东，归而藏之，以为大宝。周客闻而观焉，主人端冕玄服以发宝，华匮十重，缇巾十袭，客见之，卢胡而笑曰：'此燕石也，与瓦甓不异。'主人大怒，藏之愈固。"

其 二

年命在桑榆①，东岳②与我期③。

长短有常会，迟速不得辞。

斗酒当为乐，无为待来兹④。

室广致凝阴，台高来积阳。

奈何季世⑤人，侈靡⑥在宫墙。

饰巧无穷极⑦，土木被朱光⑧。

徵求倾四海，雅意犹未康⑨。

【题 解】

此诗饱含讥刺之意，在讽刺的同时也含有作者对时光寿命与寿夭穷通之间关系的思考，体现了作者畅达的人生观和价值观。开篇以叙述个人年齿为始，用典精深。作者此时已经是"桑榆晚景"之年，随时都有可能死去。作者以玩笑的语气表明了个人对于生死的态度，所谓"长短有命""迟速难辞"。作者对生命的态度是达观的，人人难逃一死，既然如此，还不如畅然欢饮，不以人生得失为意。但是，恰有一批人不能悟出最为平常的道理。他们身处乱世，在朝不保夕的现实中，却还惦记着那些身外之物。营宫室、争巧奢，耗尽民脂民膏，不知一旦身故，这些身前营造的广厦千间，终将归于黄土。其实，不管是通达的作者还是汲汲于外物的愚者，涉及的中心都是时间意识问题。人生有限，逝者如斯。这种时不我待之感是中国古人诗歌中常见的主题。

【注 释】

① 桑榆：日落时光照桑榆树端，因以指日暮，比喻晚年。曹植《赠白马王彪》："年在桑榆间，影响不能追。"

② 东岳：指泰山神，又名东岳大帝。秦汉以来，多以为东岳大帝掌管人的生死穷通。

③ 期：相约、约定。

④ 来兹：来年，今后。《古诗十九首》："为乐当及时，何能待来兹。"

⑤ 季世：犹季年，一个朝代的末段，往往代指乱世。

⑥ 侈靡：奢侈浪费。

⑦ 穷极：穷尽。

⑧ 朱光：通"珠光"。

⑨ 未康：通"未尽"。

其 四

细微可不慎，堤溃自蚁穴①。

腠理②早从事，安复劳针石。

哲人睹未形，愚夫暗明白。

曲突③不见宾，燋烂④为上客。

思愿献良规，江海倘不逆。

狂言虽寡善，犹有如鸡跖⑤。

鸡跖食不已，齐王为肥泽⑥。

【题 解】

　　作者开篇以议论之笔道出了谨慎立身、防微杜渐的哲理，化用了"千里之堤毁于蚁穴"的典故。接着又用"治病于未病"的道理来说明凡事应早做准备。其实，即使是哲人也有力有不逮之处，他们能够察觉到个人的不足与缺点，所依靠的是朋友及他人的劝诫。能否接纳劝谏和意见是能否远祸避乱的根本。所以作者紧接着又用了"曲突徙薪"的典故来劝诫世人：珍惜那些能够真心为你提出意见的朋友。然而现实往往是残酷的，直言进谏者不受欢迎，曲意逢迎者却奉为座上宾。作者面对这种情形，再次苦口婆心地劝诱道，那些逆耳的忠言虽然阐述的可能是很小的道理，但是只要能积少成多，也能有所裨益。

【注 释】

①堤溃自蚁穴：比喻小事不注意就会酿造成大祸。《韩非子·喻老》："千丈之堤，以蝼蚁之穴溃；百尺之室，以突隙之烟焚。"

②腠理：皮肤、肌肉的纹理，有时又指皮肤和肌肉的交接处。

③曲突："曲突徙薪"，典出《汉书·霍光传》。

④燋烂：烧焦糜烂。燋，通"焦"。

⑤鸡跖：亦作"鸡蹠"，即鸡足踵，古人视为美味。

⑥肥泽：肌肉丰润。《淮南子·说山训》："执狱牢者无病，罪当死者肥泽，刑者多寿，心无累也。"

咏怀诗 八十二首选三

三国魏·阮籍

其 五

天马^①出西北，由来从东道^②。
春秋非有托，富贵焉常保。
清露被皋兰^③，凝霜沾野草。
朝为媚少年，夕暮成丑老。
自非王子晋^④，谁能常美好。

【题 解】

阮籍，三国时期魏诗人，"竹林七贤"之一，是"建安七子"阮瑀的儿子。崇奉老庄之学，政治上则采取谨慎避祸的态度。

此诗是阮籍八十二首《咏怀诗》其中的一首，哲理意味隽永。诗的开头用"汉武帝得天马"典故。"天马"，即我们今天所熟知的汗血宝马。它产自西北大漠，传入中原能被人熟知是依靠着向东不断延续的丝绸之路，这说明事物之间存在着普遍联系的一面。同时事物之间也存在着相互对立的情况，寿命有短有长，富贵不能常保，它们都具有随机性、不确定性。人的贤愚好坏难以与其命运的优劣穷通画上等号，就像霜露可能同时沾溉皋兰和杂草一样，机会是均等的，它不以人的意志为转移。生命也是均等的，它不以地位而改变。这些永恒不变的哲理就是我们常说的客观规律。因此，作者不禁感叹自己不是仙人王子乔，不能永葆青春与逍遥。这也是诗歌所阐明的最为重要的哲理，人是不能逃脱客观规律的束缚的，人可以利用客观规律，但是永远不能改变它。

【注 释】

① 天马：汗血宝马。汉武帝元鼎四年，汉武帝得自西域，并为其作《天马歌》。《史记》载此马出自大宛，即今中亚土库曼斯坦。

② 东道：向东的道路。

③ 皋兰：皋，水岸。即水岸边的兰草，用以比喻贤人或贤德才能。

④ 王子晋：古代神话人物。即王子乔，周灵王的儿子。传说其游于伊水和洛水之间，遇到道士浮丘公，随之上嵩山修道成仙。

其 六

昔闻东陵瓜^①，近在青门^②外。

连畛^③距阡陌，子母^④相钩带。

五色曜朝日，嘉宾四面会。

膏火自煎熬，多财为患害。

布衣可终身，宠禄岂足赖。

【题 解】

　　作者开篇即用典故暗喻自己所要阐明的道理。"东陵瓜"指的是秦东陵侯召（邵）平的故事。他本来是秦国的公侯，秦亡之后，家贫无以为继，只得种瓜于长安城东，因为瓜香味美，广获赞誉，所以世称"东陵瓜"。因为它种在长安东门外，因此又被称为"青门瓜"。作者此诗所阐发的哲理与老子"祸福相依"的道理近似，邵平国破家亡，从高位跌落人生谷底，却不想因祸得福，因为瓜味鲜美而重新获得世人的称赞。

【注 释】

① 东陵瓜：秦东陵侯召（邵）平，秦亡，家贫无以为继，故种瓜于长安城东，因为瓜香味美，广获赞誉，所以世称"东陵瓜"。

②青门：长安东门霸门。按照五行学说，东方属于长生之地，属木，
　色尚青。故古人将东门涂成青色，又称"青门"。
③连畛：满田、连片。
④子母：指大小。

其七十二

修涂①驰轩车，长川载轻舟。
性命岂自然，势路有所由。
高名令志惑，重利使心忧。
亲昵怀反侧②，骨肉还相仇。
更希毁珠玉，可用登遨游。

【题解】

　　诗歌的第一层是用工整的对仗起始：笔直的道路适宜奔驰驷马轩车，
长长的川流可以承载轻舟。世界上的事物都具有相互调谐的一面，这是
诗歌哲理的表层含义。诗意在三四句陡然一转，事物的运行、天道的变
化并非是自然的，而是受到人为干扰的，这是全诗的题眼。"高名令志
惑，重利使心忧"，争名逐利，使人目眩神迷，遗忘了本心。一旦为名
利所迷惑，再亲近的人都会变得各怀私心，乃至于相互倾轧，至亲骨肉
在名利面前也会反目成仇。在阮籍看来，名利是令人丧失本心，毁灭本
性的毒药。怎样解决名利问题，究竟如何处理个体与名利之间的关系？
诗人的办法是"更希毁珠玉，可用登遨游"，也就是老子所说的"少则得，
多则惑"，其目的是"见素抱朴，少私寡欲"。（《老子》第十九章）

【注释】

①修涂：涂，通"途"，道路。笔直的道路。

②反侧：反复，反叛。

秋胡行

西晋·陆机

道虽一致，涂^①有万端。
吉凶纷蔼^②，休咎^③之源。
人鲜知命，命未易观。
生亦何惜，功名所勤^④。

【题 解】

陆机，西晋著名的文学家，被誉为"太康之英"，与其弟陆云并称"二陆"。

此诗表现了陆机的人生思考和哲学体悟。首先，在作者看来，天道的本质是不变的。这里的"道"可以理解为世间普遍存在的客观规律，就具体的时代背景而言，它指的是魏晋以来长足发展的"玄学"之理。其次，"道"的表现是多种多样的，就好像道路一般，有着不同的路口。《周易·系辞下》："天下同归而殊途，一致而百虑。"但是其中既有正道，也有邪路。不同的选择之间，决定了人的不同命运。吉凶安危、休戚祸福往往就在一念之间。再次，人的认识是有局限性的。人具备认知客观规律的能力，但是在认识的过程中，需要付出艰辛的代价。作者正是认识到了这种局限性，故而发出了人鲜有知晓天命者和天命并不易感知的喟叹。那么作者所提出的解决之道是什么呢？既然世上并不存在长生，人终有一死，那么不如将身心投入到功名事业中去，建立自己的功勋，做出自己的贡献。

【注 释】

①涂：通"涂"，道路。

②纷蔼：繁多。陆机《文赋》："虽纷蔼於此世，嗟不盈於予掬。"

③休咎：吉凶，善恶。

④勤：勤勉，努力。此句有异文，本集作"叹"。《艺文类聚》《乐府诗集》作"勤"。

饮酒 二十首选一

东晋·陶渊明

其　五

结庐在人境，而无车马喧①。
问君何能尔②？心远地自偏。
采菊东篱下，悠然见南山。
山气日夕佳，飞鸟相与还。
此中有真意，欲辩已忘言。

【题 解】

　　《饮酒》二十首是诗人辞官归隐后所作，这是其中的第五首，又是《饮酒》组诗的题眼所在，集中反映了作者的思想精神。诗歌首联即提出了客观环境与主观心绪之间的矛盾，当为人夷雅旷远，不为物累之时，外界的纷扰与喧哗就无法影响内心的平静。诗人强调的是一种安然淡泊、宁静自守的精神境界，也提出了具有辩证法意义的哲学命题，即主观能动性的发挥。个体虽然时刻都受到环境的制约，但是只要能够发挥主体的作用，心灵亦可以在一定程度上超越环境的限制。"采菊东篱下，悠然见南山"是本诗的名句，也是本诗哲理的形象化体现。诗人在东篱下采菊，悠然起身，不经意间见到了余晖掩映的南山，秋菊在篱笆边随风摇摆，青色的南山在落日中变换了妆容，相伴而还的飞鸟掠过天空，时快时慢。这种种景象令诗人感到一种难以用言语表达的欢乐，"此中有真意，欲辨已忘言"，诗人在发现自然的过程中，感悟到了个体生命与自然同化的愉悦，这时的诗人已经达到了一种物我两忘的境界。《庄子·外物》："蹄者所以在兔，得兔而忘蹄。言者所以在意，得意而忘言。"言语是有限的，而"意"则是无限的。本诗在历代诗选、诗话中都享有极高的评价，不仅仅是因为作者哲学思辨的深度，更因为他的诗歌绝无"理语"，诗人的情、景、理达到了一种高度的和谐，是三者的完美融合。

【注释】

①喧：声大而繁闹，喧哗之意。
②尔：代词，这样。

【名句】

采菊东篱下，悠然见南山。

杂诗 十二首选一

东晋·陶渊明

其 一

人生无根蒂①，飘如陌上尘。

分散逐风转，此已非常身。
落地为兄弟，何必骨肉亲。
得欢当作乐，斗酒聚比邻。
盛年不重来，一日难再晨。
及时当勉励，岁月不待人。

【题 解】

《杂诗》是陶渊明创作的表现归隐生活乐趣的系列组诗。本诗是第一首，主要反映了作者对人生根本问题即命运问题的思考。作者认为人生漂泊不定，不同的人之间，虽不是兄弟姊妹、血脉至亲，也可以相亲相近。因为人生苦乐无定，一旦遇到难得的欢愉时刻，应当相聚共和乐。受到玄学思想的影响，作者回归田园，适性自然，鄙夷"智巧萌""大伪兴"，其所追求的是一种真挚淳朴的生活，希望通过人与人之间的真诚交往实现"抱朴含真"的理想社会。最后两联欲扬先抑，表面上看诗人似对生活失去了信心，他感慨时光易逝，盛年不再，按照这一逻辑推演就容易陷入汉人"及时行乐"的享乐主义中。然而诗人笔锋一转，鼓励自己和读者努力奋进，这种在黑暗中依然苦苦追寻光明的求索精神，时至今日依然令人感到振奋和敬仰。

【注 释】

① 根蒂：事物发展的根本或初始点、根由。

【名 句】

及时当勉励，岁月不待人。

形影神 三首选一

东晋·陶渊明

其三·神释

大钧①无私力，万物自森著②。

人为三才③中，岂不以我故。

与君虽异物，生而相依附。

结托既喜同，安得不相语。

三皇④大圣人，今复在何处。

彭祖⑤爱永年，欲留不得住。

老少同一死，贤遇无复数。

日醉或能忘，将非促龄具。

立善常所欣，谁当为汝誉。

甚念伤吾生，正宜委运去。

纵浪大化⑥中，不喜亦不惧。

应尽便须尽，无复独多虑。

【题 解】

　　《形影神》是陶渊明创作的系列组诗，这是其中的第三首。作者自退隐后，内心深处时常充斥着贫与富、穷与达之间的矛盾交战，以及生与死的焦虑。随着年龄的增长和亲人的离世，诗人的生活日渐窘困，陶渊明开始越来越多地思考人生的归宿问题。"形神"是中国哲学中一个重要的命题，现代学者多认为此诗是陶渊明针对当时庐山慧远《形尽神不灭论》而创作的，也有学者认为与东晋南朝流行的道教思想"长生久视"有关。陶渊明此诗主要针对"惜生"之感而发，清晰地显示了诗人超越死亡的心理轨迹，表现了诗人对生死问题的大度与豁达。诗人最终以"委运乘化""不喜不惧"的态度消解了生死问题所带来的痛苦，以求得个人灵魂的解脱与超越。诗人认为，同自然万物冥化合一是实现有限生命与无限时空之间统一的唯一途径。他试图通过以回归自然的方式来达到永恒的目的。"自然"成为诗人追求的生命的最高境界。

【注 释】

① 大钧：指运转不停的天地自然。钧本为造陶器所用的转轮，比喻造化。
② 森著：森罗万象，宗宗林立。森，繁盛。著，立。
③ 三才：指天、地、人。
④ 三皇：中国古代传说中的上古帝王，说法不一，一般指伏羲、燧人、神农。
⑤ 彭祖：古代传说中的长寿者，活了八百多岁，曾为尧之医官。"爱"当为"受"字之讹，《楚辞·天问》："受寿永多，夫何久长。"
⑥ 大化：自然的变化。

【名 句】

纵浪大化中，不喜亦不惧。

梅花落

南朝宋·鲍照

中庭多杂树，偏为梅咨嗟①。
问君何独然②？念其霜中能作花。
露中能作实③，摇荡春风媚春日。

念尔零落逐寒风，徒有霜华^④无霜质。

【题解】

鲍照，南朝刘宋著名诗人。这首诗使用了借物喻理的手法，通过描写冬日梅花来阐述哲理。诗人认为世间的事物是复杂的，现象和本质，内在与外在，形式与内容往往是不相一致的。但是，本质并不会随着外在环境的变化而发生改变。梅花能够在凛冽寒风中独自盛放，是因为它有着傲然霜雪的本质。然而，不但世间的事物是复杂的，事物的变化更是复杂的。梅花虽能抵抗风雪，但是春风一度，却又飘零。作者将其比喻为霜所形成的霜花，一遇阳光照射便又化成水了。所以作者最后感叹梅花"徒有霜华无霜质"，真正的贤者不论在什么环境中都能够保持自己的心性不变，这种高洁的品德就是所谓的"霜质"。《中庸》所说的"君子慎独"也表达了相似的道理。作者提醒世人，不论是退处江湖之远还是高居庙堂显位，都应该警惕谨慎，志得意满时更应小心应对，自觉地遵守道德准则和行为规范。

【注释】

① 咨嗟：赞叹，出自《楚辞·天问》："何亲揆发，定周之命以咨嗟。"王逸注曰："咨嗟，叹而美之也。"

② 然：这样。

③ 实：果实，梅花接核果，近圆球形，黄色或带绿色，可入药。

④ 霜华：霜。霜为粉末状结晶，因形似花故称之。白居易《长相思》："九月西风兴，月冷霜华凝。"

赠逸民^① 诗 十二首选一

南朝梁·萧衍

其十一

如垄^②生木，木有异心^③。
如林鸣鸟，鸟有殊音。
如江游鱼，鱼有浮沈。
岩岩^④山高，湛湛水深^⑤。
事迹易见，理相难寻。

【题 解】

萧衍，字叔达，即南朝梁武帝。萧衍本人非常喜好文学，擅长诗赋音律。《赠逸民诗》共十二首，这是其中的第十一首。这首诗用同垄之木有异心，同林之鸟有殊音，同江之鱼有沉浮等博喻来说明问题，即不同事物虽具有相似的外表，但本性仍有不同，揭示了普遍性与特殊性之间的关系。此诗以"逸民"为题，是说人各有其志，有些人汲汲于功名，有些人则散发岩岫，笑傲于江湖之间，都是事物特殊性的体现。此章最后一句揭示出事物都是普遍性与特殊性的集合，只有尊重事物存在的普遍差异，才能更好地了解"理"，否则只是停留在认知事物的表面，而无法真正深入认识其本质。

【注 释】

①逸民：指避世隐居的人。
②垄：田地分界高起的埂子。

③ 心：中心，指树木中间最为坚实的部分。

④ 岩岩：高貌。《诗经·鲁颂·閟宫》："泰山岩岩，鲁邦所瞻。"

⑤ 湛湛（chén）：即"沉"的古字。水深貌。《楚辞·招魂》："湛湛江水兮上有枫。"

诏问山中何所有赋诗以答

南朝梁·陶弘景

山中何所有，岭上多白云。
只可自怡悦，不堪①持寄君。

【题解】

陶弘景，南朝梁代著名的政治家、文学家，他虽然出家为道，但因为梁武帝所信任，时人称其为"山中宰相"。陶弘景才华出众，梁武帝早年即与其相识，称帝之后他屡次希望隐居华阳洞的陶弘景能够出仕，但陶不为所动。萧衍曾问他"山中有何物"，以至于不愿出山为官，他就创作此诗回答梁武帝，同时表明自己的志向。梁武帝之问含有对于抛弃功名、隐居林泉的不屑，诗人则平淡地回答皇帝"岭上多白云"，意即山中并无高轩车马、锦衣玉食、富贵荣华、钟鸣鼎食，只有恬淡漂泊的修道之人。外在的利益和诱惑无法撼动修道之人的内心，这种"自然恬淡"的生活在诗人看来是一种超尘出世的境界，是朴素自然的生活状态的象征。这是利欲熏心者无法体会到的一种精神境界，只有品格高洁、风神洒脱的隐居高士才能领悟到"自来自去"的闲云中所蕴含的奇韵真趣。

陶弘景的诗歌反映了老庄哲学和神仙道教融合的特点，是他哲学观的直接体现。《梁书·处士传》称赞他"圆通谦谨，出处冥会，心如明镜，遇物便了"，这段评语也恰好可以作为此诗的注脚。

【注 释】

① 不堪：不能、无法之意。

告游篇

南朝梁·陶弘景

性灵昔既肇，缘业^①久相因。
即化^②非冥灭^③，在理澹^④悲欣。
冠剑空衣影，镳辔^⑤乃仙身。
去此昭轩侣，结彼瀛台宾。
傥能蹑留辙^⑥，为子道玄津。

【题 解】

这首诗是诗人去世之前的临终诗，除了预言自己即将物化的"神迹"外，主要是为了嘱咐弟子们按照道家剑解的方法，陪葬以衣冠剑。他的真身即将飞往传说中的海上仙山瀛洲瑶台，如果弟子们能够按照他所嘱咐的去做，那么成仙之后的陶弘景就能"蹑旧迹"而还，为弟子们讲说大道。陶弘景相信形亡而神不灭，认为"性灵"是早于物质而存在的，他和物质之间并无直接的联系。精神是依附在肉体上的，虽然肉体不能常保，但是精神是永存的。他认同精神可以在不同物质上传递。精神传递的原因，陶弘景则吸收了佛教的"业力"的观念用以解释，他认为"神"

之所以能在不同物质之间传递，主要是因为"业"的存在。所以陶弘景对于死亡所持的，是一种相当豁达的态度，他并不惧怕死亡。相反地，他认为死亡是对肉身羁绊的摆脱，在更深层上则意味着挣脱肉体桎梏，追求精神自由的仙风道骨和简洁纯真。

【注释】

①业：业力，佛教用语，指个人过去、现在或将来的行为所引发的结果的集合，业力的结果会主导现在及将来的经历，个人的生命经历及他人的遭遇均是受自己的行为影响。个人有为自己生命负责的可能性以及责任。而业力也是主导轮回的因，所以业力不单是现世的结果，还会生生不息地延伸至来世。

②化：物化，物故。

③冥灭：佛教用语，寂灭、涅槃。

④澹：恬静、安然的样子。

⑤镳辔：马嚼子和马缰绳，意味着脱去肉身桎梏的枷锁。

⑥留辙：留下的车辙，指痕迹。

塘边见古冢诗

南朝梁·何逊

行路一孤坟，路成坟欲毁。
空疑年代积，不知陵谷徙①。
几逢秋叶黄，骤见春流渌②。
金蚕不可织，玉树何时蕊。
陌上驱驰人，笑歌自侈靡③。

今日非明日，所念谁怜此。

【题 解】

何逊，刘宋诗人何承天曾孙，宋员外郎何翼孙，齐太尉中军参军何询子。何逊八岁能诗，弱冠州举秀才，官至尚书水部郎，人称"何记室"或"何水部"。

他曾一度得到梁武帝的赏识，但旋即被弃，这样的生活经历反而使诗人在饱尝人生苦难的过程中更容易思考人生的意义。作者面对塘边古墓，发出了自己对生死、时间的哀叹。这个陵墓孤零零地矗立在塘边已经不知多少年了，冢中枯骨也早已化为灰烬。这衰败的景象与春日勃发的生机形成了鲜明的对比，"春流""金蚕""玉树"这些象征着朝气与活力的词汇与"孤坟""欲毁"形成了生与死、旧与新的强烈对比，赋予了诗句强大的张力。这时作者的目光由物及人，转向了红尘阡陌上来往言笑的"驱驰人"。作者使用"驱驰"二字表现出双重含义，一是世间之人为功名利禄蝇营狗苟、奔走驱驰；二是这些追名逐利之人本身亦为"造化"所驱驰，处于一种不自由的状态。作者最后发出哀叹"今日非明日，所念谁怜此"，冢中枯骨的今天就是陌上"侈靡"之徒的明天，任有滔天权势也不能超越生命与时间的限制。

【注 释】

① 陵谷徙：比喻自然界或世事巨变。语出《诗经·小雅·十月之交》："高岸为谷，深谷为陵。"
② 春流㳽：指春天到来。㳽，同"弥"，指满遍。
③ 侈靡：奢侈浪费。

赠诸游旧诗

南朝梁·何逊

弱操①不能植，薄伎竟无依。

浅智终已矣，令名安可希。

扰扰从役倦，屑屑身事微。

少壮轻年月，迟暮惜光辉。

一涂今未是，万绪昨如非。

新知虽已乐，旧爱尽暌违②。

望乡空引领③，极目泪沾衣。

旅客长憔悴，春物自芳菲。

岸花临水发，江燕绕樯飞。

无由下征帆，独与暮潮归。

【题 解】

这首诗反映了作者对于人生聚散的哲学思考。何逊晚年回忆起早年与友朋畅饮欢聚的情形，以及自己年轻时意气风发的状态，写下了这首诗歌。当年诗酒年华的盛况与如今作者的孤独寂寞形成了强烈的对比，使作者感到莫名悲哀。政治上的失意是可以通过珍贵的友情而得到排遣的，心中的孤寂和精神的疗伤只能依靠友情来弥补。然而，在富贵与友情都不得的时候，反思个人生平经历就成为可能。开篇，诗人从个人的节操、才华技艺以及智力能力等诸多方面进行了反思检讨。作者经过思索后深感不安，由于个人德行的亏欠，技艺不足，智能浅陋导致了个人劳于奔命，籍籍无名的结果。"新知虽已乐，旧爱尽暌违"表现了作者对于人情冷暖的深刻体味，是诗人在坎坷遭际之下发出的不平之鸣，这种精神体验超越了时间的限制，成为人际哲学中最为重要的结论之一。

【注释】

① 弱操：弱，年轻。操，操行、操守。

② 暌违：分别、分离。

③ 引领：伸长脖子远望貌，多形容期望深切。《左传·成公十三年》："及君之嗣也，我君景公引领西望。"

【名句】

少壮轻年月，迟暮惜光辉。

别沈助教诗

南朝梁·何逊

可怜玉匣剑，复此飞凫舄①。
未觉爱生憎，忽见双成只。
一朝别笑语，万事成畴昔。
道逵②若波澜，人生异金石。
愿君深自爱，共念悲无益。

【题 解】

这是何逊赠予"沈助教"的一首诗，沈助教疑为沈约。这首诗应作于天监中随建安王至江州任上，诗人要与友人分离，依依不舍，创作此诗。

诗歌开头即用双典，"玉匣剑"用干将莫邪之事。干将莫邪本为雌雄双剑，却一朝分离，诗人用以比况自己和沈助教情投意合，坚同符契。

"飞凫舄"用王乔典，据《后汉书·王乔传》载，王乔是古代的仙人，他把皇帝命尚方赐给郎官的靴子变成两只鸭子，每月朔望都会飞到京城朝见皇帝。何逊遗憾自己没有这样的法术，一旦远离就不知何年才能回到京城朝见帝王以及和朋友相聚。"未觉爱生憎，忽见双成只"道出了人生聚散不定和命运的倏忽变化。诗人感叹"一朝别笑语，万事成畴昔"，何逊非常擅长运用这类代表时间流逝迅疾和跨度巨大的词语，以营造今昔对比的气氛，有一种万事蹉跎的无奈之感。诗人感到了命运的无常，体会到了个人意志与客观现实之间存在的矛盾，"道"的运行是无止无休的，而人的生命却不能和坚固的金石相比。这种短暂与永恒之间的辩证统一是何逊精思后得到的诗句。但是，诗人却并未消沉下去，"愿君深自爱，共念悲无益"，作者反而劝慰因离别而感到悲伤的友人，不要继续沉湎在悲伤中，表现了作者的豁达与开朗，显示出他在体悟人生至道后的一种升华。

【注 释】

① 飞凫（fú）舄（xì）：凫，鸭子。舄，鞋。《后汉书·王乔传》："王乔者，河东人也。赤宗世，为邺令。乔有神术，每月朔望，常自县诣台朝。帝怪其来数，而不见车骑，密令太史伺望之。言其临至，辄有双凫从东南飞来。于是候凫至，举罗张之。但得一只舄焉。乃诏尚方珍视，则四年中所赐尚书官属履也。"

② 道遒：宏大广博的天道。遒，大。

【名 句】

一朝别笑语，万事成畴昔。

晚出新亭诗

南朝梁·阴铿

大江一浩荡，离悲足几重。
潮落犹如盖，云昏^①不作峰。
远戍唯闻鼓，寒山但见松。
九十^②方称半，归途讵^③有踪。

【题 解】

阴铿，艺术风格同何逊相似，后人并称为"阴何"。

新亭是当时南朝朝士游宴之所，作者于傍晚时分离京远行，面对新亭山水，写下了这首脍炙人口的名篇。江水浩浩荡荡，东流而去，不舍昼夜，作者的哀愁却袭上心头。水面之上云雾沉沉，波涛起伏之间竟如高张的车盖一般，水汽氤氲形成了峰峦之状。暮色之中传来阵阵戍鼓声，那是宵禁号令响起的标志。山在水雾的笼罩下平添了几分寒气，远眺江岸，只有寒山老松与"我"为伴。读来令人产生满目萧条的凄凉之感。"九十方称半"是本诗富有哲理性的名句，典出《战国策》："诗云：行百里者半九十。"走一百里路，走了九十里才算一半。比喻做事情愈接近成功愈要认真对待，不可懈怠。常用来勉励人们不可懈怠，做事情要善始善终。

【注 释】

① 昏：同"昏"。
② 九十："行百里者半九十"，这里是用了简称。
③ 讵：同"岂"。

【名句】

九十方称半，归途讵有踪。

和傅郎岁暮还湘州诗

南朝梁·阴铿

苍茫岁欲晚，辛苦客方行。
大江静犹浪，扁舟独且征。
棠枯绛叶尽，芦冻白花轻。
戍人①寒不望，沙禽迥②未惊。
湘波各深浅，空轸③念归情。

【题 解】

  阴铿是一位经历了梁末战乱的诗人，战争的残酷与破坏给诗人的心灵造成了巨大的冲击。动荡的年代里，他不能安享平静的生活，只能随幕主在各地流转赴任，奔波劳碌中不得不和友人经历一次又一次的离别。行役之苦和乡关之思困扰着诗人和他的朋友们。这首《和傅郎岁暮还湘州诗》就是这种艰苦生活、离愁别绪的表达。这首诗大概作于傅縡自京还湘州途中。

  诗歌首联道出了送行的时间。"苍茫岁欲晚"说明一年即将到头，而朋友却在此时要远赴湘州，"辛苦"二字表达了作者的不舍和怜惜。"大江静犹浪"一句是全诗精华所在，表面上看似平静的江面实际上暗流涌动，这既是对眼前小景的客观描绘，也是诗人对梁末大乱前夕的主观感受。诗人揭示了"树欲静而风不止"的道理，事物在发展过程中，应重视那些潜藏在表象之下的内因，以及推动事物发展的背后力量。诗歌对于江上景物的描写也非常出彩，营造出一种万物萧条的肃杀之气来，棠叶零落、霜冻芦花的意象令人感到寒冷凄清。万物归巢之时难觅鸟踪，这时候却只有傅绰的一叶孤舟在寒江独行，作者由傅绰的遭遇联想到己身，思归之情油然而生。

【注 释】

① 戍人：古代守边官兵的统称。

② 迥：遥远、僻远。

③ 轸：轸的原意是指古代车箱底部四周的横木，分两侧和前后共四根，共同组成的结构称轸框，是车箱底座支架的主要部分。代指车。

【名 句】

大江静犹浪，扁舟独且征。

江津送刘光禄不及

南朝梁·阴铿

依然临送渚①，长望倚河津。
鼓声随听绝，帆势与云邻。
泊处空余鸟，离亭已散人。
林寒正下叶，晚钓欲收纶②。
如何相背远，江汉与城闉③。

【题 解】

这是一首非常有名的送别之作,作者因送别不及所产生的离别之苦,构成了他对世事人生的独特感悟。

诗歌的首联点出送行的地点和送行不及,远望孤帆的孤独惆怅之情。三四句"鼓声随听绝,帆势与云邻",诗人由视觉转向听觉,再由听觉转回视觉,通过"通感"的手法将友人渐行渐远的离别之态描绘尽致。"泊处空余鸟,离亭已散人"二句,既是对现实景象的写实之笔,又隐含着作者对世事人生的哲理思考。南朝时佛教流行,当时的诗人普遍受到大乘空观的影响,空观认为万法唯识,五蕴皆空,认为世界的本质"缘起性空",既然一切皆从虚空中生,那么一切还向虚空中消散。人踪不显,鸟迹空余,这两句诗语所传达出的清净寂灭之感,与诗人送别时所产生的孤独感融合在一起,形成一种寂寥静穆的艺术境界。"林寒正下叶"说明人生如同树叶一般,都有它凋谢的时刻,这是自然的规律,人生应该顺从。这种"顺逆由道"的思想是一种超脱式的感悟,它消解了离别送行所带来的痛苦,反而使这种痛苦成为反观内心的手段和途径。君去江汉,我归城阙,这种背向而行的结局与二人之间亲密无间的友情是一对巨大的矛盾。既然相亲,何必分离?人生的聚散不定与命运的无常正是作者在送别时所产生的独特心得。

【注 释】

①渚:水中小块陆地。

②纶(lún):钓鱼用的线。

③城阇(yīn):城内重门,亦泛指城郭。阇,古指瓮城的门。

入若耶溪

南朝梁·王籍

　　舟艎^①何泛泛，空水共悠悠。
　　阴霞^②生远岫^③，阳景^④逐回流。
　　蝉噪林逾静，鸟鸣山更幽。
　　此地动归念，长年悲倦游。

【题 解】

　　王籍，南朝梁代诗人，因《入若耶溪》一诗而享誉诗史。博学多才，以山水诗名世。

　　诗歌的开头通过近处的泛泛小舟、悠悠溪流与远山晚霞、天际长流形成远近的对比，描绘出若耶溪的静谧幽远，语言富有动态的美感。特别是颔联两句所描写的景象，令人读后产生阴阳变化的虚幻之感，使得远眺与近视的视觉效果更加突出。在作者的笔下，仿佛晚霞和夕照都活了过来，分别是从山峰和河流中跳跃出来的一样。这就为颈联所要营造的气氛埋下了伏笔。"蝉噪林逾静，鸟鸣山更幽"是作者的通感联想，是作者的心理感受。以闹写静突出了动静的对比，是哲学上相互对立、相互依存关系的表现，即事物之间普遍存在的对立统一的关系；从唯心主义的观念出发，"静"与"幽"并不单单是山水所具有的本质，而是作者内心首先存在了"幽静"的意念，所以山水在作者的关照下才体现出了"静"与"幽"的一面。因此在作者看来，蝉鸣鸟叫的山林愈发幽静。这是由于作者不受外界因素的干扰，内心澄净的结果。

【注 释】

　　① 舟艎：吴王大舰名。后泛指舟船。

②阴霞：云霞，晚霞。谢灵运《游赤石进帆海》："水宿淹晨暮，阴霞
　　屡兴没。"

③远岫：远处的峰峦。

④阳景：阳光。曹植《情诗》："微阴翳阳景，清风飘我衣。"

【名句】

蝉噪林逾静，鸟鸣山更幽。

独酌谣

南朝梁·沈炯

独酌谣，独酌独长谣。

智者不我顾，愚夫余未要①。

不愚复不智，谁当余见招。

所以成独酌，一酌倾一瓢。

生涯本漫漫，神理暂超超。

再酌矜许史②，三酌傲松乔③。

频烦四五酌，不觉凌丹霄。

倏尔厌五鼎④，俄然贱九韶⑤。

彭殇⑥无异葬，夷跖⑦可用朝。

龙蠖⑧非不屈，鹏鷃⑨但逍遥。

寄语号呶⑩侣，无乃太尘嚣。

【题解】

沈炯经历"侯景之乱"，先后依附王僧辩、梁元帝等，甚见重用。西魏灭梁，为其所虏，魏甚礼之，授仪同三司。后放归南朝，继续受到陈代帝王的重用。

此诗应创作于作者身处关陇之时。他此时被迫出仕，实际上是背叛了故国，这令他感到痛苦和羞愧。但是身处敌营之内，又不能明白地表露心迹，所以诗人只能借诗喻心。诗人一边喝酒一边高声吟唱，"智者""愚者"都不能与作者对话。因为"智者"代表的是那些凛然风骨，不事二朝的忠节之士，他们鄙视诗人这种贰臣。而"愚者"作者不邀，因为他们无法体会自己的悲伤。可是世间之人非智即愚，作者只能一人孤单地痛饮，试图消解心中的不安。面对痛苦而漫长的人生，诗人只能借助于"神理"以获超脱。诗人在酒精刺激下所产生的精神癫狂状态消解了尘世间的凡俗与羁绊，从而使肉体暂时转化为通向"神理"的途径。这类诗歌中表现的生活为苦苦追寻精神解脱的中国文人提供了一种生存方式，这种生存方式已经构成了中国古代文人诗性哲学的重要组成部分。

【注释】

① 要：通"邀"。

② 许史：典出自《汉书》，许氏和史氏是汉宣帝时外戚的并称，后代用来借指权门贵戚。

③ 松乔：赤松子和王子乔，中国古代传说中的仙人。

④ 五鼎：古代行祭礼时，大夫用五个鼎，分别盛羊、豕、肤、鱼、腊五种供品。三鼎、五鼎是士礼和卿大夫礼的分别。

⑤ 九韶：本意为古代音乐名，周朝雅乐之一，简称《韶》。这里也用来指代贵族士大夫。

⑥ 彭殇：彭，彭祖。殇，夭折，未成年而死。彭祖是古代的长寿者，活了八百多岁。作者用此对比表示人皆有死的道理。王羲之《兰亭集序》："固知一死生为虚诞，齐彭殇为妄作。"

⑦夷跖：夷，伯夷。跖，盗跖。伯夷是周代的贤人，因耻食周粟，而饿死首阳山。盗跖，春秋时期的大盗。前者清廉，后者贪暴，常用来比喻善恶迥异之人。

⑧龙蠖：语出《周易·系辞》："尺蠖之屈，以求信也；龙蛇之蛰，以存身也。"尺蠖这种小虫子身体弯曲起来，目的是为了伸长；龙蛇这样的事物，身体是要蛰伏起来的，为的是可以继续生存。意思就是为了以后的发展，不妨暂时委屈一下，顺便积蓄力量。

⑨鹏鷃：语出《庄子·逍遥游》："鹏高举九天，远适南海，蓬间斥鷃嘲笑之。"后因以"鹏鷃"比喻物有大小，志趣悬殊。作者这里是为了表达自己的志向，任性逍遥，不愿为官。

⑩号呶：喧嚣叫嚷，语出《小雅·宾之初筵》："宾既醉止，载号载呶。"

咏老马诗

南朝梁·沈炯

昔日从戎阵，流汗几东西。
一日驰千里，三丈拔深泥。
渡水频伤骨①，翻霜屡损蹄。
勿言年齿暮，寻途尚不迷。

【题解】

此诗所咏对象为老马，借此表达了作者壮志不已的雄心。"老马"并非无用，它经历漫长岁月所积累的知识和经验仍能为后人提供帮助，暗示着作者积极进取的人生态度。同时，此诗通过描述经验累积的过程，阐述了实践是获取知识和检验真理的唯一途径的哲理。诗歌的前三联主要描绘身经百战的"老马"在战场上所受的伤害，冰霜刀剑对于"老马"的肉体造成了极大的摧残，然而"老马"也从艰难困苦中得到了经验教训，年齿的增长、阅历的增多使得"老马"的经验也日渐丰富。"勿言年齿暮，寻途尚不迷。"老马识途的故事告诫我们，要善于在实践中总结规律，多向有经验的人学习。

【注 释】

①伤骨：出自《饮马长城窟行》："饮马长城窟，水寒伤马骨。"

赐萧瑀

唐·李世民

疾风知劲草①，板荡识诚臣②。
勇夫安识义，智者必怀仁。

【题 解】

这是一首篇幅短小的诗歌，却蕴含了深刻的人生哲理，语短而味浓。"板荡"一词出自《诗经·大雅》，其中有《板》《荡》两篇，主要描写周厉王无道昏庸导致政治黑暗、民不聊生，后来"板荡"便被用来形容天下大乱，局势动荡不安。萧瑀是唐太宗倚重的大臣，他恃才傲物、性格孤僻，但是唐太宗却非常赏识他的孤直与忠贞。作者以普通的自然景物为喻，在比兴中说明了自己想要表达的含义：在风平浪静的日子里，"劲草"与一般的草相混同。在和平安定的环境中，"诚臣"也不易被君主所知。只有经过猛烈大风和动乱时局的考验，才能看出什么样的草

是强劲的，什么样的人是忠诚的。人生在世，生平交游中会遇到各种各样的人，他们本性不一，良莠不齐。如何才能辨别真正的益友呢？只能通过艰难困苦的考验，愿意同甘共苦、同进同退者才是真正值得依靠的朋友。这便是此诗所阐述的最为质朴却最为有益的哲理。

【注 释】

① 劲草：刚劲的小草。
② 诚臣：忠臣。

【名 句】

疾风知劲草，板荡识诚臣。

咏 萤

唐·虞世南

的历^①流光小，飘飖^②弱翅轻。
恐畏无人识，独自暗中明。

【题 解】

虞世南，初唐著名政治家、书法家、文学家。这是一首清新淡雅的咏物诗，作者借咏流萤表达了物虽小而不碍其光华的哲理。"流光小"与"弱翅轻"衬托出了萤火虫的弱小，然而这样的小虫在黯淡黑夜中却努力地放出光芒，使自己的存在被众人所周知。《老子》云："道常无名朴，虽小，天下莫能臣。"意思是说，道虽然是无名而质朴的，很小不可见，但是天下谁也不能降服它，令其称臣。人生在世，应该努力进取，刻苦学习，即使先天条件不足或有所限制，但是无碍于人通过后天努力获得学识。这首小诗阐述了这种积极向上的人生哲学。

【注释】

① 的历：光亮、鲜明貌。王勃《越州秋日宴山亭序》："参差夕树，烟侵橘柚之园；的历秋荷，月照芙蓉之水。"
② 飘飖：飞翔貌。阮籍《咏怀》之四十："焉得凌霄翼，飘飖登云湄。"

蝉

唐·虞世南

垂緌①饮清露，流响出疏桐。
居高声自远，非是藉②秋风。

【题解】

蝉的意象古今有所差异，古人认为蝉是一种餐风饮露的鸣虫，代表着高洁。作者借助于比兴和寄托的手法，表达了自己的情操。"垂緌"是古代官帽打结下垂的带子，用来借指与帽带相似的蝉的细嘴。蝉用细嘴吮吸清露，暗示着冠缨高官要戒绝腐败，追求清廉。蝉居住在挺拔疏朗的梧桐上，与那些在腐草烂泥中生活的虫类不同，因此它的声音能够流丽响亮。诗人借以表达个人的操守，做人做官应该德行高洁，方能声

名远播。"好名声"的传播不是借助于"秋风"得来的，而是通过自己的努力获得的。

【注 释】

① 垂緌（ruí）：古时帽带打结后下垂的部分。
② 藉：借助。

【名 句】

居高声自远，非是藉秋风。

中秋月 二首选一

唐·李峤

其 二

圆魄①上寒空，皆言四海②同。
安知千里外，不有雨兼风。

【题 解】

李峤，唐代著名诗人。少有文名，聪慧过人，曾梦仙人授双笔，自是有文辞。善诗歌，为"文章四友"之一。

这首小诗独抒新意，提出了一个颇具哲理意味的问题，此时此刻的明月是圆满无缺的，怎么能据此判断千里之外也是这般晴朗赏月的好天气？说不定正风雨交加、阴云密布呢。简略的语言却能发人深思，在短短二十字中融入了作者深刻的哲学思考。首先，人人皆见者未必就是真理，大千世界，变化万端，主观认识与客观实际是否相符需要实践的检验。因此，我们应该不断探索，提高个人认识的水平。其次，人的认识最忌讳以偏概全，人的认识水平存在差异，认识能力也有高低，因此要意识到认识的局限性，注意避免出现以偏概全的情况。

【注 释】

① 圆魄：指月亮。古人认为月为阴精，故用代表阴象的魄代称之。
② 四海：古代认为大陆四周皆有海，因此称大陆所在为海内，四海，意即天下。

春江花月夜

唐·张若虚

春江潮水连海平，海上明月共潮生。
滟滟随波千万里，何处春江无月明。
江流宛转绕芳甸①，月照花林皆似霰。
空里流霜不觉飞，汀上白沙看不见。
江天一色无纤尘，皎皎空中孤月轮。
江畔何人初见月，江月何年初照人。
人生代代无穷已，江月年年望相似。
不知江月待何人，但见长江送流水。

白云一片去悠悠，青枫浦②上不胜愁。

谁家今夜扁舟子③，何处相思明月楼。

可怜楼上月裴回，应照离人妆镜台。

玉户帘中卷不去，捣衣砧上拂还来。

此时相望不相闻，愿逐月华流照君。

鸿雁长飞光不度，鱼龙潜跃水成文。

昨夜闲潭梦落花，可怜春半不还家。

江水流春去欲尽，江潭落月复西斜。

斜月沉沉藏海雾，碣石④潇湘无限路。

不知乘月几人归，落月摇情满江树。

【题 解】

张若虚，唐代诗人。诗多不存，《全唐诗》仅存二首，《春江花月夜》即其中的一篇，素有"孤篇盖全唐"之誉。

本诗从描写游子思妇离愁别绪的传统内容上进行提升，深入发掘个人的精神世界，将新的思考融入其中，从宇宙人生的宏大视野去审视人事代谢，具有深刻哲理。在前四联中，作者紧扣题目，将"春江""花""月""夜"等景物逐一描写，既是客观的景物描写，又营造出一种空灵的境界。面对着千百年来未曾改变的月色，诗人不禁陷入沉思，成功地由写景转向抒情写理，由江月之景而至人生感悟。

人生短促、逝者如斯的时间紧迫感使张若虚的生命意识觉醒了，此诗涉及的中心是时间意识问题。中国古代诗歌中，描写时间飞逝的诗歌层出不穷，个体生命的短暂与天地等永恒事物的对比也很常见，如"天地无终极，人命若朝霜""人生若尘露，天道邈悠悠"等。但是张若虚却以一种发展的眼光看待事物，所谓"人生代代无穷已，江月年年望相似"，虽然个体生命是短暂的，但人类作为一个种族的延续却是绵长的，因而"子子孙孙无穷尽也"的人类就可以和"年年望相似"的明月共存下去，这就将诗歌从哀叹年寿不永的旧习中解脱出来，使读者面对自然

时能获得一种慰藉。

【注 释】

① 芳甸：长满芳草的郊野，郊外之地叫做甸。
② 青枫浦：又名双枫浦，在今湖南省浏阳市，这里泛指郊外荒僻的水边。
③ 扁（piān）舟子：飘荡江湖的游子。扁舟，小舟。
④ 碣石：山名，在今河北省昌黎县。曹操《短歌行》："东临碣石，以观沧海。"

【名 句】

江畔何人初见月，江月何年初照人。
人生代代无穷已，江月年年望相似。

代悲白头翁①

唐·刘希夷

洛阳城东桃李花，飞来飞去落谁家。
洛阳女儿惜颜色②，行逢落花长叹息。
今年花落颜色改，明年花开复谁在。
已见松柏摧为薪，更闻桑田变成海。
古人无复洛城东，今人还对落花风。
年年岁岁花相似，岁岁年年人不同。
寄言全盛红颜子，须怜半死白头翁。

此翁白头真可怜，伊昔红颜美少年。

公子王孙芳树下，清歌妙舞落花前。

光禄池台文锦绣，将军楼阁画神仙。

一朝卧病无相识，三春行乐在谁边。

宛转蛾眉能几时，须臾鹤发乱如丝。

但看古来歌舞地，惟有黄昏鸟雀悲。

【题 解】

刘希夷，少负才名，上元二年进士，是初唐时期重要的诗人。

桃花、李花都是绚丽无比而花期短促的花类，诗歌由此起兴，已经为全诗定下了一个悲伤的基调。作者由花期的短暂联想到美人的衰老，推想洛阳女儿面对凋零的桃李花时的心境。在永恒的自然面前，人类就如同短暂盛开的花朵。没有事物是永恒不变的，即使是寿比千年的不老松柏也有化为柴薪的一天，更不用说那沧海桑田所体现的变化不易的永恒规律。时间无限性与人生的有限性导致作者面对永恒时光时不禁悲从中来。

"年年岁岁花相似，岁岁年年人不同"是本诗的名句，阐发了物是人非的哀愁。"公子王孙芳树下"十句，通过光禄池台、将军楼阁、歌池舞地的荒芜冷落，对人生有限、宇宙无限的主题进一步阐发。同时将诗歌的境界从"生年不满百，常怀千岁忧""何不秉烛游"的享乐主义提升至"初次觉醒的宇宙意识"，并使得从旧乐府的消极萎靡而变为惆怅的少年式的"青春的吟唱"，这人生觉醒的宇宙意识更增加了这些哲理名句的深沉历史感和力度，遂成为千古绝唱。

【注 释】

① 代悲白头翁：此题为拟古乐府，题又作"代白头吟"，《白头吟》是汉乐府相和歌楚调曲旧题，古辞多写女子毅然与负心男子决裂。

② 颜色：容颜。

【名句】

年年岁岁花相似，岁岁年年人不同。

登幽州台歌

唐·陈子昂

前不见古人，后不见来者。
念天地之悠悠，独怆然^①而涕下。

【题解】

　　此诗创作于武周万岁登封二年，契丹攻陷营州，武则天命武攸宜征伐契丹，陈子昂为随军参谋。唐军战事不利，陈子昂慨然进谏，却被武攸宜贬为军曹，陈子昂忠而见弃，他怀着报国无门的悲愤，登上燕昭王的黄金台遗址，写下了这首千古传诵的登临抒怀之作。

　　诗人没有刻意描绘登临后所见的景色，也没有直接进行主观情感的阐述，而是表达了人生有限而时空无限，岁月已逝而功业难就的悲慨和孤愤。作者面对无尽宇宙所表现出的孤独之感则是此诗的魅力所在，是作者理想与现实之间巨大反差的体现。作者俯仰古今，从两个"不见"推演时空的演变，在巨大的天地之间营造出一种苍茫之感。然而，诗人的境界并不显得险隘，他虽然为个人壮志难酬的遭遇感到痛苦，却没有"小人常戚戚"的惺惺作态。这正是因为作者将视野扩大到整个宇宙的广度和深度的原因，在"天地之悠悠"的时空背景下，诗人展示出了一

种宏大的气魄与胸襟，他的悲苦不单单是个人的悲苦，而是对生灵涂炭的惋惜之情，与哭天抢地式的悲怆是截然两途的，是一种能够与悠悠天地相映衬的高度。

【注 释】

① 怆然：悲伤的样子。

观荆玉篇

唐·陈子昂

鸱夷^①双白玉，此玉有缁磷^②。
悬之千金价，举世莫知真。
丹青非异色，轻重有殊伦^③。
勿信玉工言，徒悲荆国人^④。

【题 解】

此诗作于武则天垂拱二年。根据诗序，作者当时跟随补阙乔知之北征，夏四月，大军驻扎在张掖河附近，幽朔地寒，草木难生，唯有"仙人仗"（又名淡竹、苦竹）往往丛生，这种幼竹茎秆有治反胃、吐乳的功效。陈子昂热情地向主帅乔知之和同旅友人王仲烈推荐了"仙人仗"。然而数日后，有"行人"向二人进言，认为此物根本不是"仙人仗"而是一种名为"白棘"的植物。乔知之与王仲烈相信了"行人"的说法，乔知之甚至作《采玉篇》来讥笑陈子昂。陈子昂面对无端而来的指责，创作了这首《观荆玉篇》以回应乔知之"宋人不识宝玉而宝珉石"的讥笑。诗歌开篇借用了鸱夷子皮之玉有瑕疵却能卖出高价，而卞和却因为玉工之语而被砍去双腿的故事来比拟自己的境况。陈子昂这里用此典故是希望乔知之和王仲烈能够吸取和氏璧的经验教训，不要因言废人，因言废事。他希望通过人之言与玉之质的关系来寄托自己对遇合于君臣之际，取信于朋友之间的真诚期望。

【注 释】

① 鸱夷：鸱夷子皮，传说为范蠡经商时所用的化名，后成为中国古代大富豪、大商人的代名词，用于指代财富。

② 缁磷：黑色的瑕疵，《论语·阳货》："不曰坚乎？磨而不磷；不曰白乎？涅而不缁。""缁"为黑色，"磷"是损伤的意思。

③ 殊伦：不同、相异的种类。左思《咏史》其六："虽无壮士节，与世亦殊伦。"

④ 荆国人：指卞和，据《韩非子·和氏》记载，卞和于荆山上伐薪偶尔得一璞玉，先后献于楚厉王、楚武王，却因楚厉王、楚武王听信玉工之语，先后被砍去左右脚。其后卞和"泣玉"于荆山之下，始得楚文王识宝，琢成举世闻名的和氏璧。

送东莱王学士无竞

唐·陈子昂

宝剑千金买，平生未许人。
怀君万里别，持赠结交亲。
孤松宜晚岁①，众木爱芳春。
已矣②将何道，无令白首新③。

【题 解】

诗歌的开篇化用了"季札赠剑"的典故，用宝剑的意象代指建功立业的希冀，临别时将宝剑送给即将远行的友人，表达了他对友人的鼓励和期许。"生平未许人""持赠结交亲"，表达了作者对于王无竞的认可，无惧权贵、直言进谏，从侧面赞扬了友人的才志和品格，更说明他们是志趣相投的知己。

陈子昂与王无竞的人生经历有相似之处，政治上屡遭打击，忠而见疑的悲愤困扰着诗人。陈子昂是如何处理"志"与"难"之间的关系的呢？他是如何获得精神上的解脱的呢？诗歌颈联既是对友人的勉励，也是对上述问题的回答："孤松宜晚岁，众木爱芳春。"意思是，一般的花草树木都喜欢在春天里争奇斗艳，只有孤独峭立于山巅的老松，在年尾岁终，不避风刀霜剑与寒冷搏击，才更显示出它那顽强的性格和高尚的品格。

诗歌的尾联体现了作者的达观与豁达，"已矣将何道，无令白发新"，傲岸不屈者所遭受的待遇固然是不公平的，可是又能如何呢？与其一味地怨天尤人，不若及时努力。切切不可就此消沉下去，虚度年华而至满头华发。此诗充满了积极进取的精神，读来令人为之奋发。

【注 释】

①晚岁：岁末，指秋冬。

②已矣："已"为动词，停止、完结之意。"矣"为语气词，时间过去式。可译为完啦、算了。

③白首新：生出白发。

登鹳雀楼①

唐·王之涣

白日依山尽，黄河入海流。
欲穷②千里目，更上一层楼。

【题解】

　　这是一首家喻户晓的诗作，用语浅近，言简意赅。哲理与诗歌意象完美结合，相得益彰，达到了诗情与哲理的高度统一。前两句形象地描写了登鹳雀楼所见到的气象雄浑的场景，它既是实际景象的描写，也是诗人心中山河的复现。景色中已经包含了作者的主观意识，是一种融合了作者心雄万夫、气吞山河的意志的景色。同时，日升日落，周而复始。黄河奔流，万年不竭。这些不曾为时间所改变的景色，是世间最为简单真实的景物，也象征着一切都是自然流变、大化生衍的结果。人类的繁衍与自然的晨昏交替，都是生命力不竭的象征。故而人也需要不断地进取，不断地攀登。这就自然而然地引出了诗歌的后两句，经过升华得到的哲理："欲穷千里目，更上一层楼。"这两句诗已经超出了其所承载的信息，成为激励奋发精神的载体。它从一个简单抽象得出的生活哲理化作了号召人们不断前进、积极向上的精神感染力。

【注释】

　　①鹳雀楼：在今陕西永济县，楼高三层，前对中条山，下临黄河。传
　　　说常有鹳雀在此停留，故有此名。
　　②穷：穷尽。

【名句】

欲穷千里目，更上一层楼。

归辋川^①作

唐·王维

谷口疏钟动，渔樵稍欲稀。
悠然远山暮，独向白云归。
菱蔓弱难定，杨花轻易飞。
东皋^②春草色，惆怅掩柴扉。

【题解】

　　王维的一生可以分为两个阶段，前期积极，后期归隐。这首《归辋川作》正是前后两期过渡时的作品。王维中年后笃信佛教，又缠绵于闲山静水之中，于是其诗歌充满了清空闲适的禅意和理趣，在对自然景物的描绘中令人体悟到自然宇宙之理的阐发。这首诗通过诗人的明净、沉静之心表达了山水的清丽之美，而王维也通过这首诗展示了个人的人生境界，他不为物累，游赏自然，恬淡自乐，这种生活态度来自于他对佛法的修行和体悟，其中所蕴含的佛理借助于对山水自然景观的描写展现出来，细致周密，寄托深远。

【注 释】

① 辋川：位于蓝田县中部偏南，又名辋谷水。
② 东皋：田野或高地的泛称，这里用来指代诗人王绩。王绩，字无功，号东皋子。曾作有《野望》诗，有《王无功集》传世。

终南别业①

唐·王维

中岁颇好道，晚家南山陲②。
兴来每独往，胜事空自知。
行到水穷处，坐看云起时。
偶然值林叟，谈笑无还期。

【题 解】

　　此诗是作者晚年隐居时的佳作，从表面看来无一处说理，实际上理趣潜伏在写景状物之中。他了解世界本源的状态，因而对于发生在眼前的种种事物也就保有一种"随缘"的态度。他不刻意地追求动静、有无之间的任何一面，而是听任自然。他随溪水而行是无目的的，要走到什么地方也不知道，走到泉水尽头便与其缘尽，而坐观山云，则是他与山云之缘起。他遇到林中老叟，这也是一种缘，他们相识何时结束呢？王维也不知道，大概缘尽时分就是他回家的时刻吧。王维之诗表现了随其天然，舒心自如的特征，这充分体现为自由的精神状态，随自然变化而变化，不与物违，这是王维的人生哲学。

【注释】

① 别业：别墅。

② 南山陲：南山即终南山，又名太乙山、地肺山、中南山、周南山，简称南山，是秦岭山脉的一段，西起陕西宝鸡眉县，东至陕西西安蓝田县，素有"仙都"、"洞天之冠"和"天下第一福地"的美称，历来多僧道、修行之人在此隐居。陲，边界，边缘。

【名句】

行到水穷处，坐看云起时。

九月九日忆山东兄弟

唐·王维

独在异乡为异客，每逢佳节倍思亲。
遥知兄弟登高处，遍插茱萸①少一人。

【题解】

　　王维早年热心功名，他尚未弱冠便独闯京师谋取功名。然而，就在诗人刚刚迈出家乡土地的同时，思乡之情就已沉重地加在了他的身上。

　　九月九日重阳节是中国传统习俗中亲友相聚的日子，然而诗人却背井离乡，独自一人漂泊在外。"独在异乡为异客"，以"独异"二字强调自己离群索居的疏离感和陌生感，准确而深刻地展示了诗人自己孑然无依的处境和孤独凄苦的内心。游子的身份已经让作者感到苦闷，而当佳节到来之际，自己遥想亲友团聚的欢乐场面，不禁让人鼻酸。诗人在短短的二十八字之中概括了人的生存困境，即由追求个人成功导致的个体与群体之间的对立关系，以及对于人生价值追求的不同定义。

【注释】

① 茱萸：茱萸，又名"越椒""艾子"，是一种常绿带香的植物，具备杀虫消毒、逐寒祛风的功能。木本茱萸有吴茱萸、山茱萸和食茱萸之分，都是著名的中药。按中国古人的习惯，在九月九日重阳节时爬山登高，臂上佩带插着茱萸的布袋（古时称"茱萸囊"），以示对亲朋好友的怀念。

【名句】

独在异乡为异客，每逢佳节倍思亲。

与诸子登岘山

唐·孟浩然

人事有代谢①，往来成古今。
江山留胜迹，我辈复登临。
水落鱼梁②浅，天寒梦泽深。
羊公碑③字在，读罢泪沾襟。

【题 解】

此诗是孟浩然在襄阳登临山水时所作，作者在怀古伤今中表现了其深沉的历史意识和人生感慨。首句是作者哲学思考的集中体现，"人事有代谢"说明孟浩然认识到了朝代的更替、世事的兴衰都是不可避免的，人的生老病死和悲欢离合都是交替不停的。在不断变化的时空中，那些流逝的时光就成为我们今天所看到的历史，而我们今天所经历与遭逢的一切又会成为后人凭吊的古迹与旧事，这就是"往来成古今"的含义。看似突兀，实际上包含了历史的沧桑与哲思的睿智之情。

【注 释】

①代谢：交替，更替。《文子·自然》："象日月之运行，若春秋之代谢。"

②鱼梁：水中的沙洲，在襄阳附近的沔水（即汉水）中。

③羊公碑：羊祜，字叔子，西晋著名的战略家、军事家。他长期驻守襄阳，都督荆州诸军事，在之后的十数年中，屯田兴学，以德政收荆襄百姓之心，一方面修缮甲兵，训练士卒，为灭吴做好了充分的军事和物质准备。他生前曾屡次上表晋武帝请求伐吴，均遭到当朝权臣的反对。在其死后二年，杜预依照其遗策平定了东吴，统一了全国。为了纪念这位伟大的军事战略家，荆州百姓在岘山立碑，传说百姓见到此碑，念及羊祜功德，莫不流泪，故又称"堕泪碑"。

山房春事 二首选一

唐·岑参

其 二

梁园^①日暮乱飞鸦，极目萧条三两家。
庭树^②不知人死尽，春来还发旧时花。

【题解】

这首《山房春事》是感叹今昔盛衰的诗作，通过古今兴衰的对比来寄托作者怀古感今的哲思。诗歌从人事与自然的巨大反差入手，年年盛开的繁华的庭树，代表那些永恒不变的事物，比如流逝的时间、长存的自然。梁园的昔盛今衰代表着人事的短暂与变化。作者在此产生了强烈的时间意识、生命感悟以及历史沧桑感。但见"年年岁岁花相似"，而那些往日在这花下寻欢的历史人物却已不在，只有这些花树依旧不管旁人地热闹盛开。人的渺小与永恒不变的自然形成了鲜明的对比，任何盛极一时的繁华最后都无法与时间抗衡，仿佛过眼云烟，人的渺小与寿命的短促也就愈发鲜明。诗人的着眼点在"伤今"，这是一种清醒的自我认知，是成熟的生命意识的反映。岑参从古人的经历中看到了个体生命的未来，这包含着所有人类共同的感受，因而能够引起后世读者的共鸣。从此意义上说，这实际上已经是一种生命哲学的诗性体现了。

【注释】

① 梁园：汉代梁孝王刘武所建，在今河南省商丘，建成后梁孝王招揽四方豪杰，在园中聚会游宴。因园中多兔，又名兔园。
② 庭树：庭院中的树。

把酒问月

唐·李白

青天有月来几时，我今停杯一问之。

人攀明月不可得，月行却与人相随。

皎如飞镜临丹阙①，绿烟②灭尽清辉发。

但见宵从海上来，宁知晓向云间没。

白兔捣药秋复春，嫦娥孤栖与谁邻。

今人不见古时月，今月曾经照古人。

古人今人若流水，共看明月皆如此。

唯愿当歌对酒时，月光长照金樽里。

【题 解】

这首诗以一轮明月为触发点，月亮每天晚上从海面升起，白天在云中落去，那么它的家在何处？月中的白兔日复一日、年复一年地捣药，它是否会觉得疲倦？嫦娥一人孤零零地生活在月宫，她与何人为邻？作者这些奇特的想象背后，其着眼点正在于"孤寂"二字。人作为独立的个体，可是却离不开群体性生活。个体与群体，这对矛盾是人的自然属性与社会属性的具体体现。个体与群体之间的矛盾，表现在自我意识与群体意识之间的对立和差异。李白作为盛唐最为伟大的诗人，他的孤独与寂寞是可以想象的，所谓"孤芳自赏""对影自怜"的历史评价，实际上正是李白缺乏同道好友的不得已之举。因此，李白只能将月亮视为自己的朋友，这个人格化的月亮投射了作者个人的情志，反映了作者对个体生存问题的哲学思考。

【注 释】

①丹阙：朱红色的宫阙，宫殿。
②绿烟：指遮蔽月光的浓重的云雾。

【名 句】

今人不见古时月，今月曾经照古人。

早发白帝城

唐·李白

朝辞白帝①彩云间，千里江陵②一日还。
两岸猿声啼不尽，轻舟已过万重山。

【题 解】

作者因牵连永王李璘谋反案，被流放夜郎，他从四川赴贬地途中获知了被赦的消息，惊喜交集，便创作出了这篇传唱千古的名篇。这首诗的题眼在于"快意"二字，其字词中洋溢着明朗的激情，体现了诗人豪爽不羁的性格。写舟船之快，实是写心情之畅快。全诗一气呵成，毫无阻塞之感，痛快淋漓，第一句写白帝城之高峻，仿佛城池是在彩云中一样，以舟船从高处顺流而下的迅捷为"千里江陵一日还"作铺垫。第二句以空间与时间的对比衬托出作者还家的兴奋，第三、四句用两岸的猿声衬托行船之速，仿佛声犹在耳，船行已过万里之遥。诗人的心灵挣脱了羁绊，顾盼神飞，摆脱了困顿与烦扰。这种战胜困难，甩下包袱的情

感表达形式已经成为一种古今共同的人生体验了。

【注 释】

① 白帝：白帝城，位于重庆奉节县瞿塘峡口的长江北岸，奉节东白帝
山上，三峡的著名游览胜地。

② 江陵：又名荆州城。今为荆州市和荆州区人民政府所在地，位于湖
北省中部偏南，地处长江中游。

【名 句】

两岸猿声啼不尽，轻舟已过万重山。

望 岳

唐·杜甫

岱宗 ① 夫 ② 如何？齐鲁青未了。
造化钟神秀，阴阳割昏晓。
荡胸生层云，决眦 ③ 入归鸟。
会当凌绝顶，一览众山小。

【题 解】

这首诗描绘了泰山雄伟壮观的气势，抒发了作者青年时期的豪情和
远大抱负。全诗没有一个"望"字，却紧紧围绕诗题"望岳"的"望"

字着笔，由远望到近望，再到凝望，最后是俯望，从而把泰山的万千景色、高大气势渲染得纤毫毕现，令人如亲临其境。"会当凌绝顶，一览众山小"是传诵千古的名句，抒发了作者勇于攀登、傲视一切的雄心壮志，洋溢着蓬勃向上的朝气，也激励着世世代代的读者不懈地追求人生理想，勇攀事业的高峰。

【注 释】

① 岱宗：亦名岱山或岱岳，五岳之首，在今山东省泰安市城北。古代以泰山为五岳之首，诸山所宗，故又称"岱宗"。历代帝王凡举行封禅大典，皆在此山。这里指对泰山的尊称。

② 夫（fú）：句首发语词，无实在意义。

③ 决眦（zì）：眦，眼角。决，裂开。眼角（几乎）要裂开。这是由于极力张大眼睛远望归鸟入山所致。

【名 句】

会当凌绝顶，一览众山小。

前出塞 九首选一

唐·杜甫

其 六

挽弓当挽强，用箭当用长。
射人先射马，擒贼先擒王。

杀人亦有限，列国自有疆^①。
苟能制侵陵^②，岂在多杀伤。

【题 解】

　　杜甫写有《前出塞》九首，这是其中的第六首。当时唐玄宗正在进行大规模的拓土开边战争，这组《前出塞》主要描写的就是唐与吐蕃的一系列战事，意在讽谏唐玄宗穷兵黩武的行为。本诗因其说理的形象性而广为流传。特别是颔联历来为人称道。"射人先射马，擒贼先擒王"不但可以用在战场厮杀上，也可适用于其他领域。其道理是，处理事情要抓住事物的主要矛盾，或者矛盾的主要方面。矛盾主要方面在事物的发展中起到决定性的作用，集中精力解决主要矛盾或矛盾的主要方面是具有深刻的方法论意义的。

【注 释】

　　① 疆：疆界，边界。
　　② 侵陵：侵略。

【名 句】

　　射人先射马，擒贼先擒王。

伤时 二首选一

唐·孟云卿

其 二

太空流素月，三五^①何明明。

光耀侵白日，贤愚迷至精。

四时更变化，天道有亏盈。

常恐今夜没，须臾还复生。

【题解】

作者孟云卿，字升之，中唐诗人。诗风气格高古，追拟汉魏。

此诗名为"伤时"，即指时势难如所愿，故而感到悲伤。作者以月亮阴晴圆缺的变化来阐述自己对时势变化和宇宙运行的体悟。作者先以十五夜月最为明亮和圆满为始，这时的月亮运行至最为全满的境地，它的光芒甚至可以和日光相提并论。所谓"至精"是中国古代哲学中一种极其微妙而不见痕迹的概念，也是一种无物不通，无事不晓的状态。不论是贤人还是愚者都在追求"至精"的境界。但是，世间众人未有一人达到这一境界，同时也不能超越这一境界。其道理很简单，四时是不断变化的，天道在盈亏的状态中不断交替。连自然都不能长久地保持一个不变的状态，又怎么能指望人来掌握世间全部的真理呢？

【注释】

① 三五：阴历十五。

变律 十九首选一

唐·苏涣

其 一

日月东西行，寒暑冬夏易。
阴阳无停机，造化^①渺莫测。
开目为晨光，闭目为夜色。
一开复一闭，明晦无休息。
居然六合^②外，旷哉天地德。
天地且不言，世人浪喧喧^③。

【题解】

苏涣，唐代宗年间人。诗歌质朴劲健，杜甫称赞其诗"殷殷留金石声"，其风格可见一斑。

诗歌对日月运行、寒暑变异等自然现象展开了细致的描述。这些纷繁的现象背后有着自然至道在统摄，这种"道"难以捉摸，不可名状。如果要描述它的形态的话，那就好像太极图的阴阳鱼一样，阴阳交替，不停变换。这就是作者体悟到的宇宙运行的法则。唐代是道教兴盛的时代，苏涣也明显受到道教思想的影响，所谓"天地之大德曰生"（《易·系辞上》）就被他改换成了诗句"旷哉天地德"。《庄子·知北游》"天地有大美而不言"也是下句"天地且不言"的出处。与自然天地相比，世间的众人无德不知修身，反而浮夸浪喧，与天地之德相去远甚。

【注释】

①造化：创造演化，指宇宙自然的玄奥，亦指至高的力量。

② 六合：常用于指上下和四方，泛指天地或宇宙。
③ 喧喧：形容声音喧闹及人事纷扰。

官舍早梅

唐·张谓

阶下双梅树，春来画不成。
晚时花未落，阴处^①叶难生。
摘子防人到，攀枝畏鸟惊。
风光先占得，桃李莫相轻。

【题 解】

张谓，唐代诗人。其诗词意精深，格律精严，清新雅正。

梅花是一种先开花后生叶的植物，进入生长树叶阶段的梅花已经结束开花期很久了。一般诗人描写梅花都是直接从梅花盛开的景象着手，张谓偏偏反其道而行之，从结子生叶的梅花反推回到梅花盛开的景象。只不过，这朵朵盛开的梅花并不是实际的景色，而是作者的想象。以此来突出梅花盛开之"早"，切合诗题，独出新意。

作者在尾联升华了诗歌所表达的精神，那些在三四月盛开的桃李不要轻视这看似已经凋谢的早梅，它在寒冬时早已凌寒绽放了，现在正是它结子成熟，进入收获的阶段。其所蕴含的哲理是，俗世众人往往只关注眼前那些名利大权在握者，却瞧不起落魄书生，但是，那些看似落魄的人早已孕育着新的希望，他们在孤独与严酷的环境中已经展现了自身高洁的本质。等到春风吹拂时，也就是他们重新获得新生的时刻。

【注 释】

①阴处：阴暗之处。

行路难 三首选一

唐·顾况

其 一

君不见，担雪塞井空用力，炊砂作饭岂堪食。
一生肝胆向人尽，相识不如不相识。
冬青树上挂凌霄，岁晏花凋树不凋。
凡物各自有根本，种禾终不生豆苗。
行路难，行路难，何处是平道。
中心^①无事当富贵，今日看君颜色好。

【题 解】

顾况，中唐诗人。他为人耿直，故一生官位不高，晚年隐居茅山。擅长七言歌行，诗风酣畅淋漓，意境奇特。

该诗表达了作者对"世路艰难"的体悟，以及在艰难困苦中所思考的人生哲理。诗歌的第二层是表现作者的孤傲情怀，使得整个诗歌风貌随之一变。冬青树是一种常绿乔木，虽然饱受严寒的侵袭，却依然保持"常青"的姿态，与那些风霜一至便凋谢摧残的花朵不同。这是由于"凡物各自有根本"，冬青树之所以不凋不谢，是因为它有着坚强的本性，不因外界条件的变化而更改自身所具有的属性。这是这首诗最精华的哲理体现，顾况希望世人皆做有坚定节操的人，不因外界形势的变化或优

劣而改变个人的品行。

【注 释】

① 中心：心中。

劝 学

唐·孟郊

击石乃有火，不击元^①无烟。
人学始知道^②，不学非自然。
万事须己运^③，他得非我贤。
青春须早为，岂能长少年。

【题 解】

这是一首劝谕年轻人惜时勤学的诗歌。作者以"击石有火"这一简单明了的意象阐明哲理，未经学习的人就如同一块顽石，无知无识，只有通过学习才能成为有用之才，迸发出火光。"道"代表了天地之间所有的真理，是古人对于客观规律的形象总结，但是"道"并非天授的，人也不是"生而知之者"。人只有通过学习，才能掌握客观规律，才能体会到不断运行的"道"的存在。学习的方法和途径必须是学习者自己总结和归纳的，所得到的知识也必须是学习者自己通过实践所获得的，这样才是真正的知识。最后，孟郊劝诫年轻人珍惜时间，努力学习。

【注 释】

①元：原来，原本。

②道：道理、真理，客观运动规律和轨迹。

③运：使用，运用。

审　交

唐·孟郊

种树须择地，恶土变木根。

结交若失人，中道生谤言。

君子芳桂性，春荣冬更繁。

小人槿花①心，朝在夕不存。

莫蹑②冬冰坚，中有潜浪翻。

唯当金石交③，可以贤达论。

【题 解】

　　这首诗是作者对交友问题的哲学思考。诗歌的开篇使用了类比的手法，阐述了交友如同栽植树木一般，需要择取好的土地，因为"恶土"会影响树木的生长。这就如同交友不慎，一旦遇到中途翻脸的情况，诽谤非难也会随之而来。作者使用了一组对比来阐释君子、小人对待友情的不同态度，君子如同"芳桂"，不论时节如何变换，他们高洁的品行不会改变，对待友人的真心也不会变质；而小人的心性不定，如同朝开夕落的槿花一样，他们的"友情"也是如此。作者对于这种"中道生谤言"的境况充满了恐惧，他向读者提出了告诫，交友一定要谨慎，不要与那些心性不定的小人交往，否则就如同在暗流涌动的冰层上行走一样，随时有堕入深渊的危险。而那些真正的朋友是可以共患难的，如同金石一般坚固的友情，才是士人君子应该追求和珍惜的。

【注释】

① 槿花：木槿或紫槿的花，颜色鲜艳，朝开夕落。
② 蹑：踩，踏。
③ 金石交：指如同金石般坚不可摧的交谊，典出《汉书·韩彭英卢吴列传》："今足下虽自以为与汉王为金石交。"

寓　言

唐·孟郊

谁言碧山曲，不废青松直。
谁言浊水泥，不污明月色。
我有松月心，俗骋风霜力①。
贞明②既如此，摧折安可得。

【题解】

　　此诗通过一系列的意象对比来展示高洁品格的可贵，实际上表达了作者的个人品德，是一篇寄傲之作。诗中主要展示了世人的误解及作者的达观和坚韧，这种对立的矛盾隐含了人类普遍存在的精神困境，即个体的自我认知与群体的主观判断之间的矛盾。作者以一种自我勉励式的语言，宣告了自己所具有的"松月"之心是不会被世人误解的目光所伤

害的。这种潇洒放旷、任人评说的态度显示了作者在面对纷纷扰扰时，持有的独立傲岸的自信和坚毅贞正的品质。这种自信根源自儒家哲学"毁誉能容随风吹"的教导，《论语·卫灵公》："子曰：吾之于人也，谁毁谁誉？如有所誉者，其有所试矣。"换言之，孟郊作为一名饱受儒家思想教导的信徒，他在诗中阐发的哲学思想实际上正是传统儒家哲学所提倡的人生观、价值观的体现。

【注 释】

① 风霜力：指代外界的摧残或艰难困苦。
② 贞明：坚贞清白的节操、坚贞贤明。

浪淘沙 九首选一

唐·刘禹锡

其 八

莫道谗言如浪深，莫言迁客①似沙沉。
千淘万漉②虽辛苦，吹尽狂沙始到金。

【题 解】

《浪淘沙》共九首，作于诗人被贬夔州之时，在这组诗中，围绕着大浪淘沙这一中心议题，抒发了作者对人生和社会的种种思考。本诗为其中第八首。

此诗首联以作者遭逢谗言，被贬夔州为始，是作者自己亲身经历的形象概括。刘禹锡仕途坎坷，屡遭政敌打击。对他来说，小人进谗是家常便饭。他相信历史的裁判，故而对生活始终充满乐观和自信。经过历史的千淘万漉，所受的那些谗言总会吹落洗净，自己如同真金一般的品质也必定会显露出来，大放异彩。诗歌的尾联，其本意是用时间来检验真理，引申出的含义是，做人做事一定要坚持自己的道路，通过不懈的努力来证明自己道路的正确。毅力对于成功是非常重要的。奋斗的过程虽然充满了艰辛，但是只要能够坚持下来，经过不断地淘汰披捡，最后就一定能获得成功。

【注 释】

①迁客：指遭到贬斥放逐之人，或遭贬迁的官员。
②漉：过滤。

【名 句】

千淘万漉虽辛苦，吹尽狂沙始到金。

酬乐天①扬州初逢席上见赠

唐·刘禹锡

巴山楚水②凄凉地，二十三年弃置身。
怀旧空吟闻笛赋③，到乡翻似④烂柯人⑤。
沉舟侧畔千帆过，病树前头万木春。
今日听君歌一曲，暂凭杯酒长精神。

【题解】

诗作于唐敬宗宝历二年，刘禹锡被罢和州刺史，返回洛阳。白居易此时也从苏州返回东都，二人在扬州相逢。白居易有感于二人漂泊落拓的生活窘境，创作诗歌赠予刘禹锡。刘禹锡也以此诗回赠，表现出他对波折人生的辛酸体悟和自我排解的豁达豪爽。总体来说，诗的首联以伤感低沉的情调，回顾了诗人的贬谪生活。颔联借用典故暗示诗人被贬时间之长，表达了世态的变迁以及回乡以后因人事生疏而怅惘的心情。颈联"沉舟侧畔千帆过，病树前头万木春"是本诗的名句，也是传诵千古的佳句。诗人把自己比作"沉舟"和"病树"，意思是自己虽屡遭贬谪，但新人辈出，却也令人欣慰，表现出他豁达的胸襟。此联常常被用来说明新事物必将取代旧事物的哲理。尾联顺势点明了酬答的题意，表达了诗人重新投入生活的意愿及坚韧不拔的意志。

【注 释】

① 乐天：指白居易，字乐天。

② 巴山楚水：指四川、湖南、湖北一带。古时四川东部属于巴国，湖南北部和湖北等地属于楚国。刘禹锡被贬后，迁徙于朗州、连州、夔州、和州等边远地区，这里用"巴山楚水"泛指这些地方。

③ 闻笛赋：指西晋向秀的《思旧赋》。三国曹魏末年，向秀的朋友嵇康、吕安因不满司马氏篡权而被杀害。后来，向秀经过嵇康、吕安的旧居，听到邻人吹笛，不禁悲从中来，于是作《思旧赋》。刘禹锡借用这个典故怀念已死去的王叔文、柳宗元等人。

④ 翻似：倒好像。翻：副词，反而。

⑤ 烂柯人：指晋人王质。相传晋人王质上山砍柴，看见两个童子下棋，就停下观看。等棋局终了，手中的斧柄（柯）已经朽烂。回到村里，才知道已过了一百年，同代人都已经亡故。作者以此典故表达自己遭贬二十三年的感慨。刘禹锡也借这个故事表达世事沧桑，人事全非，暮年返乡恍如隔世的心情。

沉舟侧畔千帆过，病树前头万木春。

赠长沙讚头陀

唐·刘禹锡

外道邪山①千万重，真言②一发尽摧峰。
有时明月无人夜，独向昭潭制恶龙③。

【题 解】

讚头陀是刘禹锡在长沙结识的一位僧人。刘禹锡本人亦尊奉佛教，他早年跟随诗僧皎然学习诗歌与佛学知识，对佛教义理体会深刻。这首诗也是作者对佛教哲理的诗性阐发，作者描述了修禅过程中所要经历的考验，千万重"外道邪山"，正是阻挠修行者前进的种种障碍，是摆在修行者面前的自身邪念和外界诱惑。"真言一发尽摧峰"指的是，面对种种外道诱惑，修行者都应该通过自身的修行来获得本心的解放，求得正果。"真言"代表了对于佛陀之法的领悟，其根本就是对心灵的净化。诗的后两句谈的是修行的方法，如何能解脱烦恼呢？这就需要修行者澄观静照，直视并破除自己内心邪恶丑陋的杂念。

【注 释】

①外道邪山：邪魔外道，内心的种种邪念与外界的诱惑。
②真言：梵语，音译为曼怛罗、曼荼罗。又作陀罗尼、咒、明、神咒、

密言、密语、密号等。即真实而无虚假之语言之意。或又指佛、菩萨、诸天等的本誓之德，或其别名；或即指含有深奥教法之秘密语句，而为凡夫二乘所不能知者。

③恶龙：也称毒龙，佛家比喻邪念妄想。

题欹器图

唐·刘禹锡

秦国功成思税驾^①，晋臣^②名遂叹危机。
无因上蔡牵黄犬^③，愿作丹徒一布衣^④。

【题解】

欹器是古人设计的一种用来代替座右铭的器具，历代统治者将其放在座位的左右，用来提醒自己，做事情要符合中庸之道，适可而止，慎防出现"满则覆"的结果。刘禹锡此诗名为"题欹器图"，隐含着警戒自己中道而行的含义。诗歌列举了历史上著名人物的遭际来表达"虚则欹，中则正，满则覆"的道理。如秦朝李斯和东晋诸葛长民，因为贪恋权势与名利，最终导致了自身的灭亡。他们不是不懂得"满则覆"的道理，身边曾有人提醒过他们。但是，权力与金钱往往能够遮蔽人的眼睛，对于雄才伟略、身居高位的政治家尚且如此，一般人又怎么能逃出名利的诱惑呢？作者的思考和提出的问题值得所有读者深思。

【注释】

①税驾：解驾，停车。

② 晋臣：指诸葛长民，他是东晋的大臣，曾督青扬二州诸军事，领青州刺史，又领晋陵太守，镇丹徒。

③ 上蔡牵黄犬：李斯家乡在上蔡，他在刑场上对子弟哀叹道："吾欲与若复牵黄犬俱出上蔡东门逐狡兔，岂可得乎！"后用此典形容未出仕前幸福快乐的平民生活。

④ 丹徒一布衣：诸葛长民临难之时，思为丹徒布衣，慨叹富贵不可取。后遂用"丹徒布衣"指平民，称识破官场诡危的人。

放言 五首选一

唐·白居易

其 一

朝真暮伪何人辨，古往今来底事①无。
但爱臧生②能诈圣，可知宁子③解佯愚。
草萤有耀终非火，荷露虽团岂是珠。
不取燔柴兼照乘④，可怜光彩亦何殊。

【题 解】

这首诗是《放言》系列组诗中的第一首，主要关注了"真伪"问题。究竟什么是真什么是假？我们以何标准来判断？诗人举了两个例子，一是臧武仲智谋多端，能够欺骗大众，二是宁武子装疯卖傻来躲避乱世，世人却反过来笑他愚钝。这两个例子说明，人有可能被事物呈现出的表象所欺骗，即使是像孔子这样的圣人也难以避免。然而，萤火虫的光芒始终不能与真正的火光相比，再光洁璀璨的露珠也不是真的珍珠。他们虽然都能从表象上欺骗一时，但是却经不住实践的考验及真假之间的对比。这更提醒读者，不要被假象蒙蔽了双眼，要从事物的本质看问题，或者说要透过现象看到本质。

【注 释】

① 底事：何事、此事。

② 臧生：臧武仲，春秋鲁国大夫，臧宣叔之子，矮小多智，号称"圣人"。

③ 宁子：宁武子，春秋卫国大夫，谥号武子，故世称宁武子。《论语·公冶长》曰："子曰：'宁武子，邦有道，则知；邦无道，则愚。其知可及也，其愚不可及也。'"后以"宁武子"形容国家安定有序则进用出仕，无道混乱则装疯卖傻以躲避祸乱，以便等待时机。

④ 燔柴：本为祭祀时焚化祭品所用的礼法，借指火光。照乘：珠名，能够照亮车辆的大珠，即今日所说之夜明珠。

大林寺桃花

唐·白居易

人间四月芳菲①尽，山寺桃花始盛开。

长恨春归无觅处，不知转入此中来。

【题 解】

此诗作于元和十二年阴历四月九日，白居易被贬江州，与友人相约同游庐山大林寺。人间与大林寺仿佛两重天地，四月初夏，平原上的花朵已经凋谢殆尽，然而在此深山古寺中，桃李却刚刚绽放花容笑靥。诗人曾苦苦追寻春的踪迹，却一无所获。谁知春光并未归去，它悄悄地转移到这人迹罕至的僻静山寺中来了。诗人的惊讶与欣喜可想而知。这首小诗所表达的哲思与禅宗所说的"顿悟"有些类似之处，春光也可指代诗人所追求的禅机或真如，在求索过程中，诗人费尽心力却终无所得，反而在不经意处获得了菩提。禅宗修行的方法是"以心传心"和"明心见性"，一切佛法皆在自身之中，不需向外求，佛性就在人的心中。

【注 释】

① 芳菲：花草。

答友问

唐·白居易

大圭① 廉不割，利剑用不缺。
当其斩马时，良玉不如铁。
置铁在洪炉，铁消易如雪。
良玉同其中，三日烧不热。
君疑才与德，咏此知优劣。

【题 解】

此诗是作者与好友元稹之间的唱答之作。元稹在《谕宝二首》中提出了"圭璧无卞和，甘与顽石列"的疑问，抒发了有才无用、沉坠泥中的感慨。作者以此诗作答，宽慰自己的好友。大圭虽然类似于剑，但却不能用来伤人。作者此处又用了"廉不割"的典故，"廉不割"出自《礼记·聘义》："廉而不刿。""廉"指棱角，引申为廉洁正义、刚直方

正。"刜"，割伤之意。意思是说，正直的人虽然棱角锐利，但是他们并不会因此伤害他人。这就是中国古代士大夫所提倡的"德行"。

"德行"并不是要求正直的人放弃刚直的本性，和光同尘。具有"德行"的士大夫也不会磨去其棱角，"利剑用不缺"就是这个意思：锋利的宝剑不会因为屡次使用而缺损。玉与铁因为其性质不同而各有自己的特性，将其置于洪炉，"铁消易如雪"，而良玉则毫发无损。作者认为人是否能经得起考验，与其才学高低并无直接的联系，而是与道德品质有关。这就是作者心目中所认为的"德"与"才"的关系，并强调了德行重于才学的道理。

【注 释】

① 大圭：古代帝王手中所持的玉制手板，形状狭长而锐上尖角，类似于宝剑。

画 松

唐·元稹

张璪①画古松，往往得神骨。
翠帚扫春风，枯龙戛②寒月。
流传画师辈，奇态尽埋没。
纤枝无萧洒，顽干空突兀。
乃悟埃尘心，难状烟霄质。
我去渐阳山，深山看真物。

【题 解】

　　这首《画松》是元稹为张璪所画的松树题写的。其作画不求巧饰，不重视外形的形似，重在内心对景物的感受，得鱼忘筌，描摹对象所具有的独特神态。这就是此诗"往往得神骨"一句的来历。不论是具有生命力的，还是已经干枯的枝条，张璪都能描绘出其各自独特的形态，或者说依照其独特的形态赋予相似意象的精神。

　　庸俗画师的松树既无潇洒的枝条，又无昂扬的精神，将万年老松本身所蕴含的奇态湮没殆尽。因为平常的画师心中并无松树的形态，他们的本心被尘灰所蒙蔽，无法体味到自然所体现的至道。中国古典诗歌的最高境界在于极貌写物、体物为妙，通过真切而准确地刻画景物的形貌情态，达到钩深索隐、穷形尽相的程度，这就突破了一般"巧构形似之言"的境界。这就要求创作者拥有一颗敏感的心灵，善于体悟外界景色的纤细变化和不同。更重要的是，在此过程中还应将作者的心灵融入到景色中，使"无我"之境化成"有我"之境，再由"有我"返归"无我"的质朴自然。作者感受到了张璪画中体现出的盛唐山水田园诗的意境，以及他们从禅宗"明心见性"哲思中所提炼出的创作精神。

【注 释】

　　①张璪：字文通，中唐时期著名的画家，其技法受王维水墨画的影响，
　　　人称"南宗摩诘传张璪"，他创泼墨法，工于松石。
　　②戛：本意为戟，借以指代松枝的形态。

楚歌 十首选一

唐·元稹

其 九

三峡连天水，奔波万里来。
风涛各自急，前后苦相推。
倒入黄牛漩，惊冲滟滪堆①。
古今流不尽，流去不曾回。

【题解】

元稹自元和五年被贬后，一直在南方游历。元和九年，他受潭州刺史张正甫所邀，游历湘楚等地，《楚歌》十首正是这一时期的作品。这是其中的第九首，主要描绘了长江三峡的景象。

三峡地势险峻，长江受到两岸高耸的山崖夹逼，水流湍急飞跃，争先恐后地从夔门谷口跃出，甚至相互踩踏搏击。这种为了争夺而相互倾轧的景象实际上正是人类社会最为鲜明的写照。元稹看似是在写波涛的情势，实际上是在总结被贬以来对人生和世情的深刻体悟，是作者对于人类本性的哲学思考。竞争是人类天性中不可磨灭的一面，它既代表了人性的丑恶，又象征着历史演进的必然。作者的深层痛苦在于，即使自己违心地承认了这种竞争的正当性，默认了其所导致的亲人相残的残酷性，但在时间面前，人类的行径依旧显得可笑而无知，因为时间会消解掉一切的神圣与丑恶，就如同"古今流不尽"的江水一样。

【注释】

① 滟滪堆：俗称燕窝石，古代又名犹豫石，是一块阻碍长江水运的江

心石，位于白帝城下瞿塘峡口，现已炸毁。宋代《太平寰宇记》："滟
滪堆又名犹豫，言舟子取途不决水脉也。"

象　人

唐·元稹

被色^①空成象，观空^②色异真。
自悲人是假，那复假为人。

【题　解】

象人，即木偶人，是中国古代丧葬礼仪中用来代替人牲的用品，后
来演变为站立墓道两侧的石翁仲。诗歌的首联描述了被刻成人形的石翁
仲，他运用了佛家"色不异空，空不异色，色即是空，空即是色"的道
理。世间万物处在一种变化的状态，色与空之间是相互转化的。人生活
在不断循环变化的世间，万物终将归于虚空，又从虚空中演化出种种不
同形态。这就为作者否定虚假的人生提供了哲学依据，因为今日的种种
终将归于虚空，那么人类常常哀叹的虚伪也就无足道哉。

【注　释】

①被色：人秉五行而生，五行有色，故人亦受色。
②观空：是佛教禅宗的一种修行方法，即观察诸法体空的道理。

度破讷沙 ① 二首选一

唐·李益

其 一

眼见风来沙旋移，经年不省 ② 草生时。

莫言塞北无春到，总有春来何处知。

【题解】

李益，中唐诗人，尤以边塞诗为有名。

这是作者远赴边疆时的边塞诗。作者渡过莽莽大漠，思索"沙漠是否也有春天"这样的问题。如果沙漠也有春天的话，那么草木依靠什么来生长？它们又怎么抵御沙石的侵袭？这时一阵大风吹来，卷起了沙漠的尘烟，这样的景象又将作者从想象思考中拉回现实，"不省草生"仿佛才是这片土地的宿命。然而即使是生命生存条件严酷的地区，也肯定有着生物蓄息，这些生物能够感受到气候条件的变化，从而展示出沙漠四季的表情。但是四季也各有自己的表现形式，它们是随着地域条件的变化而改变外在表现形态的。这就为人们感受沙漠四季变化设置了双重的困难，茫茫黄沙中难于捕捉生物蓄息的证据，偶有所获也不能通过对比来感知四季的变化。诗人由所面临的困境提出了一个值得深思的哲学问题，生活中的变化是每时每刻的，但是这种变化却不易为人知晓，这就要求人类提高自身认识水平，通过细微处的变化而感受大环境的变迁，这种"见微知著"的本领是一个谨慎、敏感的生命个体所应具备的。

【注 释】

① 破讷沙：沙漠名，又名普纳沙，即今库布齐沙漠，它是中国第七

大沙漠，位于内蒙古自治区。

② 不省：不知。

饮马歌

唐·李益

百马饮一泉，一马争上游。
一马喷成泥^①，百马饮浊流。
上有沧浪客^②，对之空叹息。
自顾缨上尘，裴回终日夕。
为问泉上翁，何时见沙石。

【题 解】

这首《饮马歌》看似是写饮马放牧时的场景，却通过众马饮水时的不同形态展现了世间众人对待名利权势的不同态度。作者以旁观者的视角，冷眼相看，对于这种争名逐利的行为表示了不屑与厌弃。"百马饮一泉，一马争上游"，一汪泉水象征着富贵功名，寥寥十字就写出了众人争名夺利的生动情态。李益性格刚直激烈，他以志士自比，用"不饮盗泉之水"的典故来表现自己坚守节操，不污其行的高尚品德。"沧浪客"是作者自我的写照，意在表达作者"与世推移"的想法，世道清廉，可以出来为官；世道浑浊，就与世沉浮。李益的这首诗代表了中国古代士大夫对文行出处问题的哲学思考，如何在出仕济世与独善其身之间找到一条平衡的道路，面对功名利禄的诱惑时如何面对内心的挣扎与困惑。作者从古代圣哲先贤那里找到了解脱之道，那就是相时而动、随遇而安。

【注释】

① 喷成泥：指马喝水时弄脏了泉水。
② 沧浪客：原文出自屈原的《渔父》："渔父莞尔而笑，鼓枻而去，乃歌曰：'沧浪之水清兮，可以濯吾缨；沧浪之水浊兮，可以濯吾足。'遂去不复与言。"

游子吟

唐·李益

女羞夫婿薄，客耻主人贱。
遭遇同众流，低回①愧相见。
君非青铜镜，何事空照面。
莫以衣上尘②，不谓心如练。
人生当荣盛，待士勿言倦。
君看白日驰，何异弦上箭。

【题解】

　　这是一首脱胎于汉乐府的诗歌，作者以游子被人歧视的遭遇来阐述"赏士不遇时"的哲理。作者希望身处高位者能够礼贤下士，善待高朋，因为随着时间的推移，"旧时阿蒙"亦可能变泰发迹。"士不遇"是中国古代士大夫的一个普遍问题，历来多有文人创作这类文学作品。诸如司马迁《悲士不遇赋》、董仲舒《士不遇赋》等，都描绘了未得志时文人的苦闷与彷徨。李益此诗在此基础上提出了新的思考：未得志者并非没有才能或道德低下，而是没有获得应有的承认。那些身处人生顶峰的人，要具有发现贤才的眼光，善待自己的朋友与下属，懂得福祸相依的道理，赏士于不遇之时。否则，随着时间的流逝，不但会带来贤才的消亡，更有可能出现权势地位互换的情况。

【注 释】

① 低回：低头徘徊貌。
② 衣上尘：游子常年在外奔波，衣服上容易沾染尘垢。比喻人在宦海中沉浮，受到引诱而使个人品德蒙尘。宋代陆游曾改写为"素衣莫起风尘叹"之句。

青云干吕

唐·令狐楚

郁郁复纷纷，青霄干吕云①。
色令天下见，候向管中分②。
远覆无人境，遥彰有德君。
瑞容惊不散，冥感信稀闻。
湛露③羞依草，南风④耻带薰。
恭惟汉武帝，馀烈尚氛氲。

【题 解】

令狐楚，唐代政治家、文学家，宪宗时任宰相。

这是一首试律诗，是唐代士子考取功名时的命题作文，内容往往是歌颂皇帝的盛德。但这首诗蕴舍了中国古代哲学"天人合一"的观念，从中透露出了独特的哲思。中国古人认为天象与人事是相互联系的。朝廷所制订的乐律声调，其标准是根据天候所定，这在中国古代被称为"候气法"或"吹灰法"。春天象征着温暖和煦，万物蓄息，故而表现春天的音乐应当中正平和，治理国家也应具有"中正平和"的理念，这种观念体现了事物普遍联系的观点。虽然"吹灰法"观测结果不甚精确，但是大体都能够保持一致，从而被认为是一种经过实践检验的"真理"。这种"真理"实际上就是我们所说的客观规律，它不会随着人的意志而转移，这就是诗句"远覆无人境"的含义。同时，世间的事物又是存在着普遍联系的，天候与人君的道德水平直接相关，这就为皇帝为政提出了警诫之意。

对于今人来说，其借鉴意义在于遵守客观规律的要求，并在其指导下充分发挥主观能动性，重视事物之间存在的普遍联系，这是我们处理复杂问题时所应持的哲学方法论。

【注 释】

① 干吕云：中国古代音乐与风候名词，律为阳，吕为阴。故以"干吕"形容阴阳调和。《海内十洲记·聚窟洲》："臣国去此三十万里，国有常占，东风入律，百旬不休，青云干吕，连月不散者，中国时有好道之君。"

② 管中分：吹管飞灰法，中国古代一种测定月令与乐律的方法。

③ 湛露：湛，清澈，干净。即清澈的露水。也指《诗经·小雅·湛露》，借以指代诗人高洁的品德和帝王的恩泽。

④ 南风：传说为舜帝所作的乐歌，这里也用来指代帝王的恩德。

游春词

唐·令狐楚

高楼晓见一花开，便觉春光四面来。
暖日晴云知次第[①]，东风不用更相催。

【题解】

这首诗大约作于元和九年左右，其时唐宪宗锐意改革，而令狐楚颇受宪宗赏识。削平淮西吴元济的一系列诏书皆出自其手，唐王朝一改藩镇割据的颓态，仿若春天再临，这令恭预其事的作者感到喜悦振奋。《淮南子·说山训》："以小见大，见一叶落而知岁之将暮。"通过个别细微的现象，来判断整个趋势的发展动向，这首诗反其道而行之，见一花开而知岁之将始。虽然取象各异，但其内在精神是相同的，都是通过外部事物的细微变化，来察觉事物发展变化的走向。这就是此诗所蕴含的哲理。

【注释】

① 次第：依次，按顺序一个接一个地。

独 酌

唐·杜牧

长空碧杳杳[①]，万古一飞鸟。

生前酒伴闲，愁醉闲多少。

烟深隋家寺^②，殷叶暗相照。

独佩一壶游，秋毫^③泰山小。

【题解】

晚唐时期激烈的党争使杜牧深陷其中，郁郁不得志。他自外放以来，强颜欢笑，内心的痛苦却无以排遣。这首《独酌》就反映了作者的此类心态，夹杂着作者的人生思考。

诗歌首句就显得气魄雄大，在空旷的碧空中，一只孤独的飞鸟显得格外突兀，寥寥数笔就勾勒出了一副大写意作品。只不过作者的孤寂要更为深刻，"万古"二字突出了作者对自身处境的联想，那些身负雄才大略的英雄志士皆是"寂寞身后名"的下场。作者面对这种情势，只有借酒消愁，无奈酒入愁肠，只是徒增烦恼而已。诗歌两次突出"闲"，表现出作者对自己宏图未展、壮志未酬、赋闲无为的不满。诗歌的最后一联，令人联想起杜甫的《望岳》。泰山在作者的眼中也不过是一秋毫而已，这种心怀天下的抱负与志向使得全诗的境界得以升华，作者从个人凄风苦雨的悲慨中解脱出来，用自己广阔的心胸为全诗作结。

【注释】

①杳杳：形容幽静深远的样子。刘长卿《送灵澈上人》："苍苍竹林寺，杳杳钟声晚。"

②隋家寺：隋代的寺庙。

③秋毫：指秋天鸟兽身上新长的细毛，后用来比喻最细微的事物。《史记·项羽本纪》："秋毫不敢有所犯。"

题乌江亭

唐·杜牧

胜败兵家事不期^①，包羞忍耻是男儿。
江东^②子弟多才俊，卷土重来未可知。

【题 解】

这是一首借咏古迹表现诗人对时事和历史看法的哲理诗。楚汉相争，刘邦数败于项羽，然而斗志不懈。项羽兵败垓下，斗志顿消，将自己失败的理由归结于上天，"时不利""天之亡我"。二者对比，高下立判。胜败乃兵家常事，从来没有常胜将军，失败也并不可怕，关键在于如何对待失败。刘邦屡战屡败，屡败屡战。他善于总结失败的经验教训，从谋士那里获得有用的建议。而项羽则刚愎自用，以为可以凭一己之力而称霸天下，但是却经不起挫折的考验，一战败北而斗志顿无。诗人认为真正的英雄应该能含辱忍垢，失败后伺机东山再起。杜牧借历史有感而发，提出了"兴废由人事"的历史哲学观点，这是此诗最为宝贵的地方。

【注 释】

① 不期：没有预料到，想不到。

② 江东：一般是指长江下游的江南地区。因长江在今安徽南部境内向东北方向斜流，而以此段江为标准确定东西和左右。所指区域主要为今安徽铜陵以东一带。江东又叫江左，江西又叫江右。

【名句】

江东子弟多才俊，卷土重来未可知。

叹 花

唐·杜牧

自恨寻芳到已迟，往年曾见未开时。
如今风摆花狼藉^①，绿叶成阴子满枝。

【题解】

　　杜牧曾在游湖州的途中认识一个"奇丽"女子，当时这名姑娘只有十几岁，他与这女子的母亲约定，等到十年之后前来迎娶。十四年后，杜牧出任湖州刺史，女子已经嫁人三年，育有二子。杜牧有感于此，写下了这首《叹花》。

　　作者所见的是被摧残狼藉的残花，几度风雨，花已零落。然而诗歌并没有以悲伤遗憾的口吻结束全诗，而是将绿叶成荫的翠色和累累果实的喜悦引入诗情。人生旅途中难免会遇到挫折，也总是会伴随着无可奈何，我们往往会错过一些人生美景。这种遗憾是无法补偿的，因为时间是无法倒流的。然而若是沉溺在这种"无可奈何花落去"的消极情感中，人类就永远无法继续前进。作者面对满眼残红，却发现了充满生机的绿叶与果实，只要叶不落、果不脱，繁花总有一天会重新绽放。这种积极的精神显示了诗人乐观豁达的人生哲学。

【注 释】

① 狼藉：乱七八糟的样子。

洛阳长句 二首选一

唐·杜牧

其 一

草色人心相与闲，是非名利有无间。
桥横落照虹堪画，树锁千门鸟自还。
芝盖①不来云杳杳，仙舟何处水潺潺。
君王谦让泥金事②，苍翠空高万岁山③。

【题 解】

诗歌首联将草色与人心相对照，是化用了《诗经》中的句子，《小雅·鹿鸣》云："青青子衿，悠悠我心。"《诗经》的本意是"宴饮嘉宾"，含有招揽贤才之意。而作者却说"闲"，表明了自己无意于汲汲苟求功名富贵之心，所以"是非名利"对他来说处在有无之间。

杜牧是一个深受儒家教化影响的文人士大夫，他渴望为国家建功立业，实现个人的价值。但是他不屑于使用钻营的手段来达到自己的目的，虽然他用世之心是迫切的，但是他的人生观是豁达明朗的。这就提供了值得借鉴的哲学意义，即当个人的才能和水平足以为社会改变做出巨大贡献，却因种种外界阻力的干扰而不能实现时，我们应该如何面对？杜牧的"相与闲""有无间"似乎可以为我们提供一种思考的途径。

【注释】

① 芝盖：指皇帝的车马。张衡《西京赋》："骊驾四鹿，芝盖九葩。"

② 泥金事：指封禅，古代帝王行封禅礼时所用的玉牒有玉检、石检，检用金缕缠住，用水银和金屑泥封，后因以借指封禅。

③ 万岁山：河南嵩山，唐代高宗武后时曾在嵩山封禅。

题僧壁

唐·李商隐

舍生求道有前踪，乞脑剜身①结愿重。
大去②便应欺粟颗，小来兼可隐针锋③。
蚌胎未满思新桂④，琥珀初成忆旧松。
若信贝多⑤真实语，三生同听一楼钟。

【题解】

此诗大约作于大中五年至九年之间，李商隐当时正在梓州幕府，醉心于佛法。

作者愿意舍身求道，但修行的代价是沉重的，"乞脑剜身"是两种发愿修行的方式。而佛法修行的成果也是令人惊叹的，他们往往跳出尘世，具有不可意想的神奇力量。所谓"蚌胎未满思新桂，琥珀初成忆旧松"，指的是珍珠能够具有耀眼的光彩乃是因为它从新月初升时就汲取月光的精华，而晶莹剔透的千年琥珀也是从松树分泌的松脂变来的。其实不但是佛法修行，学习任何知识都是一个逐渐积累的过程，只有锲而不舍地坚持下去，最后才能真正地成功。这是全诗的题眼所在，也是诗歌哲理性的集中体现。

【注 释】

① 乞脑剜身：佛经讲的两种发愿修行的方式。

② 大去：去，发语词，无意义。

③ 隐针锋：《涅槃经》云："尖头针锋受无量众。"。

④ 新桂：新月。

⑤ 贝多：树名。古印度多用其叶书写佛经，故佛经又称贝叶经，借指佛经。

人 欲

唐·李商隐

人欲天从^①竟不疑，莫言圆盖^②便无私。
秦中已久乌头白，却是君王未备知。

【题 解】

"乌头白"用燕太子丹典，《史记》载，太子丹在秦为人质，与秦王嬴政发生争执而被囚禁起来。太子丹请求他放自己归国，秦王说："乌头白，马生角，乃许耳。"这本是不可能发生的事情，仿佛上天听到了燕丹的叹息，在他的牢房外出现了一只白头乌鸦，秦王无奈，只得放燕丹归国。李商隐用燕太子丹的事迹来反衬自己的境遇，上天是听到了燕丹的请求，确实是符合"人欲天从"的说法。但是我的头发早已花白，上天却为何不让我这充满道德才学的人为皇帝所知晓，成为辅弼之臣呢？这样看来，"人欲天从"的说法不过是虚妄而已。

此诗包含了激烈的政治讽刺之意，也蕴含着朴素的唯物主义哲学思想。天是无意识的，认为"天"是有意识的存在是人认识能力处在较为

原始阶段的看法。李商隐从个人的遭际出发，否定了这种说法。但是，不能就此简单否定"人欲天从"的说法。实际上，所谓的"天"代表的是客观规律的存在，而人民意志的变化在一定程度上代表了政治学意义上的"客观规律"。如果统治者不呼应人民的愿望，那么百姓就会揭竿而起推翻他的统治。李商隐的错误在于以"个人意志"代替"大众意志"，这是他不能获得"上苍"垂青的缘由。

【注 释】

① 人欲天从：上天会听从人民的愿望，"人"并非单个的个体生命，而是指整体人民的概念。《尚书·泰誓》云："民之所欲，天必从之。"
② 圆盖：指上天。宋玉《大言赋》："方地为车，圆天为盖，长剑耿耿倚天外。"

乐游原①

唐·李商隐

向晚意不适②，驱车登古原。
夕阳无限好，只是近黄昏。

【题 解】

诗歌的开篇描绘了这样的场景，诗人在临近傍晚时分感到心绪不宁，遂驱车来到长安城南的乐游原散心，面对残阳夕照的壮阔景象，诗人发出了感叹：夕阳之景是如此美好，但可惜的是，这是临近黄昏的景象。言下之意，诗人的人生就像一抹夕阳，虽然绚烂夺目，但是已经到了落幕之时。诗人感叹时光的流逝，一去不回，表达了他对晚景的留恋和好景不长的惋惜。世界上任何事物都有由盛而衰的过程。目下的繁荣与热闹只是暂时性的，这是中国古代诗人在面对花谢、日落时常常产生的衰落之感的忧愁。

【注 释】

① 乐游原：唐代著名胜地，在长安城南，地势高敞，又名鸿固原。
② 不适：心绪不宁。

【名 句】

夕阳无限好，只是近黄昏。

早春呈水部张十八员外 二首选一

唐·韩愈

其 一

天街小雨润如酥①，草色遥看近却无。
最是一年春好处，绝胜②烟柳满皇都。

【题 解】

韩愈运用简朴的文字，以常见的"小雨"和"草色"为物象，描绘出了早春的独特景色。早春之美，正在于它能够带给人希望。韩愈与张籍是至交，张籍晚年不幸，屡遭生活的打击，韩愈以这样一首充满了朝气的诗歌赠予友人，实际上隐含着希望友人振奋精神的美好寓意，希望他能怀揣梦想继续前行。初春之美，又在于它不事张扬，不引人注意，却能滋润万物，化育新生。诗人希望能够成为友人坚强的后盾，就如同这润物无声的细雨一样，帮助友人渡过难关。同时，刚产生的事物，可能并不具有华丽的外表、浩大的声势，但是它们这时所显示出的旺盛的生命力，则是充满了未知的可能，以及可待发掘的无限潜力，诗人借以勉励自己和友人珍惜时光，奋发有为。

【注 释】

①酥：牛羊奶中提炼出来的脂肪，即酥油。
②胜：超过、胜出。

调张籍 节选

唐·韩愈

李杜文章在，光焰万丈长。
不知群儿愚，那用故谤伤。
蚍蜉①撼大树，可笑不自量。

【题 解】

中唐时期，诗坛上掀起了一股评价李白、杜甫诗歌孰优孰劣的热潮。在韩愈看来，李白、杜甫作为唐代诗坛并時的双子星，应该一体尊崇，而不应厚此薄彼。他与至交张籍通过诗歌唱和的方式，不分轩轾地肯定了李杜，对于诋毁前辈大家的"无知小儿"进行了谴责和呵斥。韩愈用非常形象的比喻对诋毁者的不自量力进行了细致入微的刻画，"蚍蜉"是一种蚁类，它们常常在松树根部筑巢，它们在树下筑巢的行为本身并不会危害树木生存。反倒是它们在大树的庇护下才得以遮蔽风雨生存下去。这不正是李杜诗篇对于后世诗人沾溉无穷的借鉴意义？诗歌蕴含的哲理超越时空，给后人以深刻的启示。妄图以卵击石的"狂人""妄人"终将化为腐朽的尘埃，作者在"大""小"的对比中显示出深邃的历史纵深感。

【注 释】

① 蚍蜉：蚍蜉是一种体形相对较大的蚂蚁，喜欢生活在潮湿温暖的土壤之中。后用来比喻不自量力的人。

奉和李相公题萧家林亭

唐·韩愈

山公①自是林园主，叹惜前贤造作②时。
岩洞幽深门尽锁，不因丞相几人知。

【题 解】

这是一首奉和诗，主要描写了唐代宰辅世家萧氏一族的园林，同时以今古对比的手法阐发了辩证看待事物发展的哲学思考。题目中的"李相公"是中唐德宗至宪宗朝的重要政治人物宰相李逢吉。

诗歌首句使用典故引出游访林园的主题，紧接着惊叹于园林的精

美和宏大，然而这样精美的园林却无人游赏，使营造这所园林的匠人空费心思。等到作者面对它时，已是"岩洞幽深门尽锁"的衰败状态了。代表着萧氏家族往日繁华的园林与今天寂寞萧条的状态形成了鲜明的对比，作者希望能够借助当朝宰相李逢吉的势力，使得这座已经门可罗雀的园林重新振奋起来，其深层含义是希望李逢吉能够赏识自己的才华，从而使自己能够在政治上有所作为。

【注 释】

① 山公：西晋大臣山简，山涛的第五子，永嘉中任襄阳太守，荆州习氏有佳园池，山简往往醉酒高卧。
② 造作：制造、创造。

古钗叹

唐·张籍

古钗堕井无颜色，百尺泥中今复得。
凤凰宛转有古仪^①，欲为首饰不称时。
女伴传看不知主，罗袖拂拭生光辉。
兰膏^②已尽股半折，雕文刻样无年月。
虽离井底入匣中，不用还与坠时同。

【题 解】

张籍，中唐诗人。曾任水部员外郎、国子司业，故世称"张水部""张司业"。

这首诗主要讲述了一支落入古井的簪钗重见天日后，诗人对其主人的想象，以及由这支古钗而生发出的慨叹和哲思。古钗是女主人打水时不小心落入井中的，经过了多年井底淤泥的摧残，古钗已经不复当年的盛貌，只余下"兰膏已尽股半折"的惨状。它下场也是悲惨的，虽然离开了不见天日的枯井底，却被放入首饰盒中尘封起来，已经没有了使用的价值，这和它坠入井中的命运是一样的。作者的言外之意非常明显，这支命运坎坷的古钗实际上就是怀才不遇的作者的写照。此诗用一种反讽的手法提出了应当珍视人才的看法，怀才不遇是古往今来的才子们都要面对的苦恼。张籍此诗的意义正在于它超越了个人一时一地的苦恼，上升为一种民族的集体性哲学思考。王建《开池得古钗》的结尾"莫言至死亦不遗，还似前人初得时"也可以作为此诗主题最为贴切的注脚。

【注 释】

① 古仪：古旧的式样。
② 兰膏：古代用泽兰子炼制的油脂，这里指古钗上涂抹的装饰性油彩。

节妇吟

唐·张籍

君知妾有夫，赠妾双明珠。
感君缠绵意，系在红罗襦①。
妾家高楼连苑起，良人②执戟明光里。
知君用心如日月，事夫誓拟同生死。
还君明珠双泪垂，恨不相逢未嫁时。

这是一首脍炙人口的名篇，张籍使用代言体的形式，借助女子之口表达了坚守忠贞节操的决心。诗题原有"寄东平李司空师道"，即此诗实际上具有双层内涵，在表层文字上，诗歌主要描写了忠于丈夫的妻子是如何经过思想斗争后，最终拒绝了多情男子的挑逗和追求，坚守了妇道；在深层含义中，它表达了作者忠于朝廷、不被藩镇高官拉拢、收买的决心。诗歌的尾联是传诵千古的名句，言辞婉转，但是态度坚决，反映出作者坚贞的意志，体现着儒家哲学所标榜赞美的"富贵不能淫"的气节。

【注 释】

① 襦（rú）：短衣短袄。《说文》："襦，短衣也。"
② 良人：古时夫妻互称为良人，后多用于妻子称丈夫。

【名 句】

还君明珠双泪垂，恨不相逢未嫁时。

闲 居

唐·张籍

东城南陌尘，紫幰与朱轮①。
尽说无多事，能闲有几人。
唯教推甲子，不信守庚申②。

谁见衡门里，终朝自在贫。

【题 解】

    这首诗表达了作者笑睨王侯的不屈之志以及独守清贫的高洁志向。首联描述了权势煊赫者的得意与狂妄。权贵们总是声称自己"无多事"，实际上都在为功名利禄而匆忙奔走。反观作者，他穷达任命、悠游自在，生活得自然而不紧张。他不相信什么"守庚申"之类的清规戒律，在作者看来它们都是形形色色的束缚身心自由的可怕桎梏。作者以颜回自诩，《论语·雍也》云："一箪食，一瓢饮，在陋巷，人不堪其忧，回也不改其乐。"他希望过上一种精神自由自在的生活。

    这首诗歌描写的虽然是"闲居"的生活，但是我们读不到一点及时行乐、游戏人生之类的消极颓废的思想情绪，所能感受到的是渗透在字里行间的那种追求自由、淡泊寡欲的高洁品格和"不汲汲于富贵，不戚戚于贫贱"的人生态度。

【注 释】

① 紫幰（xiǎn）与朱轮：紫幰，车上的帷幔。这里二者并举用来指代权贵的车马。

② 守庚申：炼丹术的术语，即当庚申之夜，揭三猿之像以祭祀帝释天和青面金刚的仪式。这种仪式起源于道教避三尸之说。据《云笈七签》所载，道教认为人身皆有三尸虫（又称三彭、三虫），能记人过失，每逢庚申日，乘人睡时将人之过恶禀奏上帝。

不 欺

唐·贾岛

上不欺星辰，下不欺鬼神。
知心^①两如此，然后何所陈。
食鱼味在鲜，食蓼^②味在辛。
掘井须到流，结交须到头。
此语诚不谬，敌君三万秋。

【题解】

这首诗是作者对自己人生哲学的一次总结。首联云"上不欺星辰，下不欺鬼神"，实际上这是从儒家哲学"君子慎独"思想发展而来的。儒家认为，君子不为违心之事，不做伤天害理、欺骗他人的恶行。更重要的是，君子应该诚实地面对自己的内心，不失于偏颇，这就需要友人的帮助，而朋友之间相交的原则也应该是"不欺骗"。贾岛认为君子之间的相交平淡如水，却也透明如水。交朋友要始终腹心相照、诚实待人，不能半途而废，相互欺骗。

贾岛深处中晚唐时代，动荡不安的朝局使得当时的诗人纷纷关注友情不变的话题，而现实政治的逼迫往往造成友人反目的结局。作者希望朋友之间，即使持有不同政见，也能保持开诚布公、不欺不骗的态度。

【注释】

① 知心：彼此契合，腹心相照。李陵《答苏武书》："人之相知，贵相知心。"

② 蓼：俗称酸姜，一年生草本植物，生长在水边或水中。叶味辛，可用以调味。

夏夜登南楼

唐·贾岛

水岸寒楼带月跻^①，夏林初见岳阳溪。
一点新萤报秋信，不知何处是菩提^②。

【题 解】

  这首诗作于开成五年，作者当时六十一岁，迁任普州司仓参军，政务之余常常登上南楼读书作诗。作者在夏末的一个夜晚登上了南楼避暑，夏日的燥热在晚风凉夜中消弭殆尽，如水月光更为夏日的夜晚增添了几分凉意。夏日茂盛的树林里一条溪流缓缓透出，这是林叶疏朗所导致的，同时也标志着物候的变化。果然，一只在夜空中飞舞的萤火虫宣告了初秋即将到来的消息，暑气消散的夜晚，作者在一片静谧中陷入了沉思。此诗真实地反映了贾岛受南宗禅思想的影响。

  "不知何处是菩提"是全诗的诗眼，也是理解诗句的关键。作者看到岳阳溪边树林中的点点萤火，顿生感慨，树有千万，但哪个才是真正的菩提树呢？何处才是真正的归宿？作者实现了佛教宗门与现世生活间的转换，并借助这种生活经验达到了禅法精诣的境界，贾岛在追寻个人归宿的过程中，实现了精神上的某种突破。这种突破正基于他深厚的佛学思想。

【注 释】

  ① 跻：登，上升。
  ② 菩提：梵文 Bodhi 的音译，意思是觉悟、智慧。常用来指人豁然开悟，突入彻悟途径，顿悟真理，达到超凡脱俗的境界等。

题兴化园亭

唐·贾岛

破却千家作一池，不栽桃李种蔷薇。
蔷薇花落秋风起，荆棘满庭君始知。

【题 解】

这是一首怨刺诗。裴度是中唐时期的重臣，曾任宪宗、文宗时宰相。晚年不想被牵扯进当时激烈的牛李党争中，他进位中书令后，大肆建造兴化寺亭园，以表明自己无意政事的态度。贾岛并不满意裴度的这种做法，作诗讽刺他。

此诗不但反映了中唐"富者兼地万亩，贫者无容足之居"的社会现实，还通过"桃李"与"蔷薇"的对比阐明了"遗子黄金满籝，不如教子一经"的道理。"不栽桃李种蔷薇"隐含了两个含义，首先，桃李春华秋实，能看能吃，却弃之不种；蔷薇华而不实，却偏偏要种。其次，裴度修建园林也是为了给子弟聚敛财富，以备身后之用。作者对这种做法不以为然，与其通过得罪百姓横征暴敛的方式来保障子孙的生活，不如教育子弟好好读书，交给他们知识这个最好的财富。中国古代常用"桃李满天下"来指代教育的成功，这里也隐含了这个意思。

鉴玄影堂

唐·李绅

香灯寂寞网尘中，烦恼身须色界①空。

龙钵^②已倾无法雨，虎床犹在有悲风。

定心池^③上浮泡没，招手岩^④边梦幻通。

深夜月明松子落，俨然听法侍生公。

【题 解】

李绅生活在佛教大行其道的中唐时代，这首诗体现了他对于佛理的深刻认识。

"鉴玄"是中唐时代的一位高僧，他去世后弟子为他营造了纪念用的影堂，里面悬挂的是鉴玄禅师的画像。李绅为鉴玄禅师的画像题写了这首诗歌。"生公"是晋末高僧竺道生的尊称，相传生公曾在苏州的虎丘说法，讲授《涅槃经》至微妙处，顽石竟皆点头。鉴玄禅师因为佛法高深，他现在或许正陪在生公的左右继续传法吧！这是诗人的赞美之词。"深夜月明松子落"既描绘了画中的场景，也是对禅境的一种体悟和认知，王维诗云"行到水穷处，坐看云起时"，万物之间皆存佛理，只有具有禅心禅性方能体悟到这天地之间的奥秘。李绅此诗形象细微，禅意浓厚，体现了佛理与诗境的完美结合。

【注 释】

① 色界：佛教用语，位于欲界之上。相传生于此界之诸天，远离食色之欲，但还未脱离质碍之身。所谓"色"即有质碍之意。由于此界众生没有食色之欲，所以也没有男女之别，生于此界之众生都由化生，依各自修习禅定之力而分为四层，分别是初禅天、二禅天、三禅天、四禅天。

② 龙钵：典出《晋书》。《艺术传·僧涉》云："（僧涉）能以秘祝下神龙，每旱，坚常使之咒龙请雨。俄而龙下钵中，天辄大雨，坚及群臣亲就钵观之。"

③ 定心池：在梵净山上，寒沁肌骨，清鉴毛发，传说登大小金顶者须

先饮此水，而后至金刀峡拽缆升梯，上下往来始无畏惧失足之虞。

④ 招手岩: 位于天台山，传说定光禅师曾托梦给智者颛禅师，以手相招，智者颛禅师受其感召，后住锡天台山。

柳 二首选一

唐·李绅

其 一

陶令^①门前胃^②接篱，亚夫^③营里拂朱旗。

人事推移无旧物，年年春至绿垂丝。

【题解】

这是一首咏物小诗，作者以"柳"为吟咏对象，抒发了人事代谢之感，并通过无意识的柳树反衬出作者强烈的生命意识和平等观念。

诗歌首联分别用陶渊明和周亚夫典，陶渊明与周亚夫分别代表了隐逸高士与朝中显贵，二者地位有别、尊卑各异，代表了两种不同的人生模式。然而在作者看来，煊赫的权势与独居的气节并无差异，他们的被人为赋予的意义都会在时间的洪流中消解，年年遣绿的柳树被作者用来代表时间的不停流逝。无论是高官还是平民，他们的生命在时间面前都是平等的，生命意义本身并不具有高下之分。生命的平等意义就如同柳树对于陶、周二人一样，不论世人地位如何悬殊，他们都能平等地取用柳树，推而广之，世间万物乃至生命本身都是一种可以为人使用的基本素材。

【注释】

① 陶令：陶渊明，他曾任彭泽县令，故以为代称。
② 罥（juàn）：捕捉鸟兽用的网。
③ 亚夫：周亚夫，西汉大将、丞相。

答章孝标

唐·李绅

假金方用真金镀，若是真金不镀金。
十载长安得一第^①，何须空腹用高心^②。

【题解】

这首诗是李绅回答晚辈诗人章孝标的一首七绝。因李绅推荐，章孝标得以考中元和十四年的进士。"及第全胜十改官，金鞍镀了出长安。马上渐入扬州郭，为报时人洗眼看。"流露出章孝标高中进士后的得意自矜的心理，李绅以师长和朋友的身份对章孝标进行了规劝。

"假金方用真金镀，若是真金不镀金"，意思是说一个人如果有真才实学的话，不需要依靠外在的名位去装饰，就如同假货才镀金一样。高中进士在唐代是一件令读书人感到荣耀的大事，但是从成才的角度看，这仅仅是为其增添了外在的装饰，并不能对个人的品德、学问、才识有何损益。一个人的品德才学如果有所欠缺，即使通体流光溢彩，内在仍然是空空如也。尾联提醒章孝标不要忘记了困顿长安场屋十年的经历，要牢记当年遭受的艰难，因为中进士只是官场仕途的开始，今后的发展茫然无知，难以预料，所以千万不要得意忘形，一定要谦虚谨慎。此诗的哲理性是通过"真金""假金"的对比凸显出来的，它涉及了外观与

内涵、表象与本质的问题。

【注 释】

① 一第：指考中进士。
② 高心：指虚幻、不符实的想法。

瀑布联句^①

唐·黄檗禅师　李忱

千岩万壑不辞劳，远看方知出处高。
溪涧岂能留得住，终归大海作波涛。

【题 解】

　　黄檗禅师，又称黄檗希运禅师，唐代禅宗僧人。李忱是唐宣宗的本名，唐宣宗早年受到唐武宗的猜忌，遁迹为僧，一日游方途中遇到了黄檗禅师，二人同观庐山瀑布，有感于瀑布的壮丽而作此联句。

　　此诗并不直接描写庐山瀑布的壮丽和雄伟，而是通过一种拟人化的手法想象瀑布倾泻而下之前所经历的重重阻碍，突出了成功背后的曲折经历和难言艰辛。李忱体会到了禅师的一番苦心，面对试探他志向的老禅师，他用不屈的志向和乐观的精神来回答。"溪涧岂能留得住"照应了开篇，正是由于流淌不停，不以平静安乐为满足的性格，溪水才能汇聚成巨流，穿透千岩万壑的阻碍，形成壮美的瀑布。"终归大海作波涛"一句极富气势，给人一种一往无前、胸怀宽广、容纳天地的信念。这两句诗也蕴含了深刻的哲理意蕴，有生命力、有价值的人或物终归不会被埋没。

【注释】

① 联句：古代作诗的一种方式，是指一首诗由两人或多人共同创作，每人一句或数句，联结成一篇。汉武帝《柏梁台诗》被认为是最早的七言联句诗，分别由二十六人各出一句，连接而成，每句用韵，后人又称其为"柏梁体"。

咸阳城西楼晚眺

唐·许浑

一上高城万里愁，蒹葭①杨柳②似汀洲。
溪云初起日沉阁，山雨欲来风满楼。
鸟下绿芜秦苑③夕，蝉鸣黄叶汉宫④秋。
行人莫问当年事，故国东来渭水流。

【题解】

许浑，晚唐著名诗人。擅长创作近体诗，五七律尤多，句法圆熟工稳，声调平仄自成一格，后人称为"丁卯体"。

诗歌的颔联是传诵千古的名联，夕阳西下沉入楼阁之间，而溪水流动时伴随着袅袅云霭升起，更为暮色增添一份迷离恍惚的感受。"日沉阁"是对大唐日薄西山境遇的比况，虽然回光返照，但已经是苍茫的暮色了。西风凛冽，云起风生，骤然而来，灌满空楼，凭栏远眺的作者怅惘地意识到：一场风雨即将来临了。这场风雨实际上就是唐王朝即将覆灭的象征，而作者敏锐地观察到了大难将至前朝局政治的微妙变化。此诗的哲理性并非以抽象的理语直接表现，而是通过物象的阐发，"山雨欲来""风云变色"成为一种具有普遍意义的象征。诗人捕捉到了变化前夕最富暗

示性的时刻加以描写，通过画面的丰富形象来启人深思、发人警醒。

【注释】

①蒹葭：指芦荻，芦苇。蒹，没有长穗的芦苇。暗指《诗经·秦风·蒹葭》。

②杨柳：指《小雅·采薇》："昔我往矣，杨柳依依。今我来思，雨雪霏霏。"

③秦苑：古秦国宫苑，位于咸阳。

④汉宫：汉代宫苑。

【名句】

溪云初起日沉阁，山雨欲来风满楼。

杂 兴

唐·聂夷中

两叶能蔽目，双豆能塞聪。
理身①不知道，将为天地聋。
扰扰造化内，茫茫天地中。
苟或有所愿，毛发亦不容。

【题 解】

聂夷中，晚唐诗人，其诗语言朴实，辞浅意哀，风格平易而内容深刻，在晚唐靡丽衰飒的诗风中独树一帜。

这首诗主要谈论作者对"体道"修习的看法，也集中体现了他的哲学观和人生观。全诗主要阐述的是，人应该摒弃私心杂念，皈依"求道"。"两叶能蔽目，双豆能塞聪"最能给人以警醒，它提醒"求道"者要警惕生活中那些微不足道的事物，它们可能伤害你原本具有的眼光。这两个典故都出自《鹖冠子·天则》："夫耳之主听，目之主明。一叶蔽目，不见泰山；两豆塞耳，不闻雷霆。"用来比喻被暂时的现象和眼前的利益蒙蔽双眼，看不到事物的全貌和本质。主观意识是一种很容易受到外部条件限制的事物，而世界的本质又是难以觉察和体悟的，这就需要"求道"者用心体悟。作者希望求道之人能够忽略喧嚣躁动的外在干扰，聆听真理的声音，达到真正的"澄明之境"，回归生命的本质。

【注 释】

① 理身：养生，修身。《后汉书·崔寔传》："为国之道，有似理身，平则致养，疾则攻焉。"

退居漫题 七首选一

唐·司空图

其 三

燕语曾来客，花催欲别人。
莫愁春又过，看著又新春。

【题 解】

司空图，晚唐诗人、诗论家。他的成就主要在诗论方面，《二十四诗品》为不朽之作。

司空图为人放旷洒脱，他生活在晚唐衰败动荡的社会现实中，学会了以一种淡泊世情的方式处世。因此他的诗歌也往往具有这样的特点，显示出他人生哲学对诗歌创作的影响。《退居漫题》共七首，本诗为其中第三首。在这首诗中，诗人认为已经成为创作传统的"文人惜春"是没有必要的。因为"春去春来"本是自然规律，人们伤春悲秋只是心理因素作怪，而这种心态在作者看来是不积极的。"莫愁春又过，看着又新春"，诗人认为季节的轮回周而复始，没有必要为今春的离去而感到伤感。这种乐观开朗的精神翻新了中国古典诗歌的惯态，成为一种具有示范意义的做法，它与刘禹锡的"我言秋日胜春朝"具有异曲同工之妙。

效陈拾遗子昂

唐·司空图

丑妇竞簪花①，花多映愈丑。
邻女恃其姿，掇②之不盈手。
量已苟自私，招损③乃谁咎。
宠禄既非安，于吾竟何有。

【题 解】

这首诗是司空图仿效陈子昂而作的古体诗，作者通过对比式的写法阐明心迹，对于汲汲于富贵功名者进行了戏谑式的嘲讽。

诗的首联既形象又富含哲理，"丑妇"试图通过外在的装扮来掩盖其丑陋的本质，殊不知花朵的美丽愈发映衬出戴花人的粗鄙和无知。一个人应该注重内在的修养提升，而非通过财富、权势等外在装扮去掩饰个人的不足。

邻家女孩儿很美，自身条件优越，只需要简简单单的装扮就能传达出一种天然秀美的姿态。但是作者对这种女子也暗含不满，她虽然很美丽，可是依旧不能摆脱对于外在装饰的依赖。亦即是说，不论"美""丑"之人，他们都需要诸如财富权力的支撑，这种见识令作者感到忧心。

人的天性中含有自私，这是无可否认的，但放任这种天性自由发展，则会对人的成长造成伤害。过分地迷信外在力量的强大，只会蒙蔽人的内心。依照这种方式生存下去迟早会招致毁灭性的结果，但是这种悲惨结局并非他人强加的，而是失去了本心的人自己招致的。作者有感于此，在尾联中发出了自己的感慨，表达了个人的志向和追求："宠禄既非安，于吾竟何有。"

【注释】

① 簪花: 汉族妇女的一种头饰，用作首饰戴在妇人头上。除了鲜花以外，有绢花、罗花、绫花、缎花、绸花、珠花等。

② 掇（duō）: 拾取、摘取。

③ 招损: "满招损"的简略说法，意为招致损失。

有　感

唐·司空图

灯影看须黑，墙阴①惜草青。
岁阑②悲物我，同是冒霜萤③。

【题解】

　　这首诗是作者在一年将尽时抒写的感慨之词。首联描写了"灯影黑"和"墙阴草"两种物象，其实这二者都具有对比性的意义，隐含了辩证地看待事物的哲理：烛照千里却不能照亮作者自身的局限，墙下的背光处使得草色显得更加翠绿。尾联化用《庄子·逍遥游》"齐物论"的思想，只不过作者在这里失去了道家逍遥自适的精神境界，一个"悲"字代表了主体性对作者审美感受的"干扰"。其实，萤火虫在生命消逝时未必有悲伤之感，这种悲伤来自作者自己，他将个体的情感代入到"物我合一"或"物我一体"的思维中，将个体生命即将走向尽头的悲哀传递到"冒霜萤"的身上。

【注释】

① 墙阴：墙的阴面背光处。
② 岁阑：岁暮，一年将尽的时候。
③ 冒霜萤：古人认为萤火虫生于腐草，一般夏末出现，寿命到秋末霜降时为止。

里中女

唐·于濆

　　吾闻池中鱼，不识海水深。
　　吾闻桑下女，不识华堂①阴。
　　贫窗苦机杼，富家鸣杵砧②。
　　天与双明眸，只教识蒿簪③。

徒惜越娃^④貌，亦蕴韩娥^⑤音。

珠玉不到眼，遂无奢侈心。

岂知赵飞燕，满髻钗黄金。

【题解】

　　于濆，晚唐诗人，咸通二年进士。于濆的科举之路并不顺遂，多年沉居下僚，故其诗歌多描写下层人民的苦难。

　　这是一首反映民瘼的现实主义作品，诗人通过民家女与富家女的对比而为两者间的巨大差别感到愤怒和不满。"珠玉不到眼"一联是全诗的关键，贯通上下文，以表明桑下女具有一颗纯洁而质朴的心，而这颗心是"珠玉不到眼"的环境造成的。尾联写赵飞燕，她是汉成帝的皇后，极受宠幸，"步步金莲"的典故就出自她的身上。"满髻钗黄金"表现了赵飞燕的穷奢极欲。此诗与一般的同情下层劳动人民的疾苦之作不同，诗中并没有贫穷即是"政治正确"的狭隘偏见，而是指出了里中女没有"奢侈心"的可贵。她不是天生纯朴，富家女也不是生来尚豪奢，而是环境使然，导致二者不同的原因是财富对人纯洁心灵的腐蚀，这也是本诗哲理性的集中体现。

【注释】

①华堂：华丽的堂屋。

②杵砧：捣衣的槌棒与垫石。

③蒿簪：蒿草枯枝做成的簪子。

④越娃：西施。因西施出身越国，故以"越娃"代称。娃，年轻美貌的女子。

⑤韩娥：战国时韩国善歌女子，歌声婉转优美。一次韩娥经过齐地，旅途困顿，极尽凄苦。不得已，韩娥就在齐国的雍门卖唱，歌声悠扬，神态凄美动人，感动了无数路人。典出《列子·汤问》"韩娥善歌"。

叹流水 二首选一

唐·罗邺

其 一

人间莫谩^①惜花落，花落明年依旧开。
却最堪悲是流水，便同人事去无回。

【题解】

罗邺，晚唐诗人。擅长律诗，笔端超绝，以七言诗见长。他与同宗罗隐、罗虬俱以声格著称，遂齐名，号称"江东三罗"。

这首《叹流水》是晚唐常见的咏物题材，作者主要表达了人事难回、覆水难收的感慨。诗的首联描述了时人惜花的心态，他们对于"花落"总是有一种惋惜、哀伤的感受，但作者却并不这样看，因为花落花开本是自然规律，并且今年花落明年花再开，这并没有什么值得过分伤感的。但流水不同，据古希腊著名思想家赫拉克利特的著名论断，"人不可能两次踏入同一条河流"，这种辩证法的观点阐述了事物都在普遍运动与发展，运动是绝对的。罗邺用它来比拟人事的变迁和时间的流逝，这首诗是"逝者如斯夫"的诗性表达。

【注释】

①谩：欺骗，欺诳，蒙蔽。

江楼旧感

唐·赵嘏

独上江楼思渺然，月光如水水如天。
同来望月人何处，风影依稀似去年。

【题解】

赵嘏，晚唐诗人，会昌二年进士。擅长七律创作，文字清新圆润、熟练精工。

这首诗描写了诗人独自登上江楼时的内心感受。他看到月亮倒映在波光粼粼的水面上，水天相接，令人无法分辨二者的界线，不禁心生寂寞惆怅。作者想起了以前一起赏月的友人，如今却只有作者一人登临，又为诗歌平添了一番寂寞之情。物是人非，这种景色的相似与人事的变化引起了作者的感叹，人的境遇变化迅速，往往难以预计把握，使人不禁感慨时间一去不复返。"人面不知何处去，桃花依旧笑春风""年年岁岁花相似，岁岁年年人不同""雕栏玉砌应犹在，只是朱颜改"，不同时期的作家诗人对于相似心理体验的吟唱使我们体会到事物本身处在不断的发展变化中，这是任何人都不能改变的客观规律，而我们看到的相似性事物，只是在经历周期变化后重复出现的状态。

【名句】

独上江楼思渺然，月光如水水如天。

失题 二首

唐·唐备

其 一

天若无雪霜，青松不如草。
地若无山川，何人重平道^①。

【题解】

　　唐备，晚唐诗人，工古诗，极多讽刺。其诗歌哲理意味浓厚，常为人引用，广受时人推崇。

　　该诗首联揭示了青松与霜雪之间相辅相成的关系，在和风细雨中成长起来的植物经不得风雨的洗礼，而青松之所以能够傲岸挺立的主要原因是它的生长环境恶劣，既有春风雨露的滋润，又有风霜雨雪的磨砺。同时，在生机勃发的春夏时节，松色之苍翠未必比得上丰草绿缛，它很有可能被众草埋没，所谓"青松在东园，众草没其姿"（《饮酒（其八）》）就是这个意思。而霜降雪落，秋冬来临之际，百草也随之凋谢，青松才能显出自己的风姿。诗的尾联以"山川"和"平道"做对比，阐发的是相同的道理。正因为有了难于行走和攀登的险峰峻岭，才显出平直大道的易行。有了惊涛骇浪、暗流汹涌的激流，才能显示坦荡如砥的大道之可贵。世界上的事物无不是矛盾统一的集合体，二者相辅相成，缺一不可。矛盾双方相互制约，共同构成对方存在的前提。有了对比参照，才能显示出双方的价值，各自的特点才能鲜明地体现。

【注 释】

　　① 平道：平坦的大道。

其 二

一日天无风，四溟^①波尽息。
人心风不吹，波浪高百尺。

【题解】

　　此诗通过人心起伏与大海波涛的对比，反衬出"人心难平"的主题。波涛的产生是由于风的吹动，俗语所谓"无风不起浪"，而当天风止息，风浪也就自然消散。水面平静，波澜不惊。然而人心却与大海起浪的原理不同，人的内心并不刮起剧烈的风暴，但是人情绪的波动却总是起伏不停。这是因为人作为社会性的动物，主体受到外在的影响，诸如情欲的纠葛、权力的斗争、个性的冲突、财富的争夺等，这些社会矛盾都会演化成人内心的波澜。此诗的哲理性正在于此，因为人的主观感受，换言之即个体生命的需求与客观现实之间存在着相互对立的一面，一旦产生情感与现实的矛盾冲突，人的精神与灵魂就会陷入到无穷无尽的痛苦当中去。

【注释】

　　① 四溟：四海，四方之海。

道傍木

唐·唐备

狂风拔倒树，树倒根已露。

上有数枝藤，青青犹未悟。

【题解】

　　这首小诗虽只寥寥数语，却警人深省。诗人描绘倒伏路旁的枯木犹有青藤缠绕这一现象，讽刺唐王朝不能认识到大变将至和时代的潮流。

　　唐备所处的时代是激烈动荡的，唐昭宗力图恢复中央的权威，但是诸多藩镇在平定农民起义的过程中逐步壮大，已经有了足够与中央对抗的实力。唐昭宗的举动引起了他们的警觉和不安，凤翔节度使李茂贞等人带头反叛，兵锋直指长安。唐昭宗最终被朱全忠派人害死在洛阳。他的第九子被拥立为皇帝，随即被废，唐代灭亡。此诗描写的正是唐朝这棵"大树"被狂风刮倒的情况，虽然唐皇室依然存在，但是就如同几根青藤一样，"皮之不存，毛将焉附"，灭亡是已在目前的必然结果。此诗具有振聋发聩的效果，提醒人们认识事物发展的主流，因势利导，顺应时代发展的需要。

杨　花

唐·吴融

　　不斗秾华^①不占红，自飞晴野雪濛濛^②。
　　百花长恨风吹落，唯有杨花独爱风。

【题解】

　　吴融，晚唐诗人。他的一生与晚唐混乱的政局相始终，宦海浮沉。
　　这是一首咏物小诗，作者刻画了杨花随风飘荡的特征以及异于众花的特点，通过托物言志的方法，表达了自己追求自由生活以及独立人格的理想。诗歌首联阐述杨花不与别的花争奇斗艳，而只凭纯净洁白的颜色和如同雪花一样的轻盈取胜。前两句主要通过色彩的对比展示杨花独异众花的特点。诗的后两句主要是以风来对比，百花"恨"风，因为它们在风中凋零。杨花"爱"风，它在风中盛开，只有风才能彰显它的独立不群。后两句和前两句遥相呼应，构成了完整而深邃的意境。

【注释】

① 秾华：繁盛艳丽的花朵。典出《召南·何彼襛矣》："何彼襛矣，唐棣之华。"

② 濛濛：大雪弥漫，模糊不清的样子。

小 松

唐·杜荀鹤

自小刺头深草里，而今渐觉出蓬蒿 ①。
时人不识凌云 ② 木，直待凌云始道高。

【题解】

杜荀鹤，晚唐诗人。他出身寒微，屡试不第，中年时中进士，后返乡闲居。

诗人描写的是一株尚未发育的幼松，他关注的是松树从埋头草莱到高出蓬蒿，再到成为凌云巨木的过程，象征了诗人坚信个人所具有的崇高志向和出众才能总有一天能够凌云直上。此诗的哲理体现在多方面，首先，它形象性地展示事物发展的渐进性过程，即新事物由弱到强是一个漫长过程，新事物的发展过程也体现了由量的积累达到质的飞跃这一过程。其次，人在认识事物的过程中总是存在着盲区，即不可避免的局限性，特别是对待新事物的态度，人们往往囿于经验和价值判断，很难做出正确的评价。对于新生事物的可能性以及对新事物未来的发展趋势，一般人往往缺乏清醒、正确的预见。人们往往将个性鲜明的"刺头"视为异端，有意区别幼松和"深草""蓬蒿"的待遇，甚至故意践踏新生事物。现实中，对小松的摧残实际上也代表了对有识之士的迫害和摧残。

【注释】

① 蓬蒿：蓬草蒿草，此处代指常人与庸才。
② 凌云：高入云霄，用来比喻个人的志向和才情。

泾　溪

唐·杜荀鹤

泾溪石险人兢慎 ①，终岁不闻倾覆人。
却是平流无石处，时时闻说有沉沦。

【题解】

　　这首诗的主要内容是告诫人们要居安思危、处盈虑亏，将祸患的危险消灭于萌芽之时。首联"泾溪石险人兢慎，终岁不闻倾覆人"二句，阐述战战兢兢的谨慎态度的重要性。泾溪激流险滩多，礁石密布，航路不畅，容易导致船只的倾覆。稍有不慎，就有可能造成触礁翻船、船毁人亡的悲惨事故。然而，正是由于这种客观环境的恶劣导致了行船人主观上的高度紧张，他们总是保持着谨慎小心的态度来面对险滩急流，从而得以平安地渡过这一段险象环生的水面。这样才有了"终岁不闻倾覆人"的好结果。相反地，尾联却描绘了另一幅图像。"平流无石处"反倒屡屡翻船，波平浪静、水流潺湲的水域怎么会发生这样的惨剧呢？恰是因为环境的改观使得行船人滋生了麻痹大意的思想，放松了警惕性，最终导致了悲剧的发生。不同的客观环境，决定了不同的行船态度，而不同态度带来的是不同的结局。

【注 释】

① 兢慎：战战兢兢、谨慎小心。

夏日题悟空上人①院

唐·杜荀鹤

三伏闭门披一衲②，兼无松竹荫房廊。
安禅不必须山水，灭得心中火自凉。

【题 解】

这是一首包含禅理的诗歌，杜荀鹤此诗不但是对悟空上人的赞扬，更是对"自我心净"的禅宗境界的礼赞。悟空上人深处三伏天的暑热之中，却身披禅衣，安然独坐。虽然没有松竹为他遮蔽阳光和暑气的侵袭，他却全然不受影响。他是如何保持内心的平静，抵抗外在酷热所导致的烦恼不安呢？原来他的心中已经灭却了世界的相对差别，达到了万法皆空、如如不动的金刚境界。面对自然界的四季交替、寒暑变异，面对人生的悲欢离合、阴晴圆缺，他的态度就是不抵抗，亦不屈服，随遇而安，调和好自己的精神，净化自我的内心，自然达到寒暑皆一，冷暖不知的至高境界。正基于此，参禅不一定要在宁静的山水边，禅寺亦无须广占名山大川，只要进入无心的境界，物我两忘，处处皆是参禅的好去处，纵使人在酷热之中，也会自然凉快。

【注 释】

① 上人：指持戒严格并精于佛学的僧侣。《摩诃般若经》云："何名上人？佛言若菩萨一心行阿耨菩提心不散乱，是名上人。"
② 一衲：一袭僧衣，又作一纳。

闲 题

唐·郑谷

举世何人肯自知，须逢精鉴^①定妍媸。
若教嫫母^②临明镜，也道不劳红粉施。

【题 解】

郑谷，晚唐诗人。僖宗时进士，官都官郎中，人称"郑都官"。

这首诗是作者的自我反思之作，阐述了人贵有自知之明的道理。作者认为必须有好的镜子"精鉴"来对照个人的美丑，即优点和不足。《旧唐书·魏征传》曰："夫以铜为镜，可以正衣冠；以古为镜，可以知兴替；以人为镜，可以明得失。"这里含有他人帮助自己来辨别美丑的含义。然而，即使有了明镜，那些心眼被蒙蔽之人也会视而不见。"嫫母"是中国古代丑女的代称，如果让她到明镜前照一照，她也会说"我已经足够漂亮，不需要涂脂抹粉、梳妆打扮了"。可见，如果人没有了解自己、正确评价自己的能力，即使他人已经指出其自身的缺点，他也会妄自尊大、自作聪明。此诗的哲理还体现在"严于律己"的认识。一个人能不能具有正确认识自己的能力是客观条件，而愿不愿意审视自身的缺点却是主观意愿。严格要求自己，在"精鉴"前诚实地剖析个人，不以难堪等理由放弃对自身的要求，这是一个人能不断前进的先决条件。

【注 释】

① 精鉴：精美的镜子，指明于鉴别。亦指高明的识别力。

② 嫫（mó）母：又名丑女。她虽然面貌丑陋，但品德贤淑、性情温柔，被黄帝纳为妃嫔，封号嫫母。

菊

唐·郑谷

王孙莫把比荆蒿，九日①枝枝近鬓毛。

露湿秋香满池岸，由来不羡瓦松②高。

【题 解】

这是一首咏物小诗，借由菊花托物言志，表达自己高洁的志向和独立的品格。菊花的枝叶与"荆蒿"这种杂草有相似之处，因此容易引起混淆。作者在这里以"荆蒿"比喻那些没有真才实学的庸碌之众，而以

"菊花"比拟高洁之士、贤才良臣。古代重阳节登高时有佩戴茱萸和菊花的习俗，所以才能"近鬓毛"。而这又是一重隐喻，中国古代诗文有"香草美人"的象征系统，往往以"香草"代指忠臣义士。

晶莹的露水象征着诗人洁白的品质，淡淡的幽香则表达诗人不事张扬却难以掩盖的品德。虽然菊花的生存环境恶劣，但它却毫不吝啬地将芳香贡献给人，瓦松虽据高位，却无益于人间，象征了那些尸位素餐的达官显贵。菊花是作者人格的象征，也代表千百年来仁人志士们的特点，他们不求高位、不慕名利，具有高尚的气节和无私的品德。

【注 释】

① 九日：九月九日重阳节。
② 瓦松：又名流苏瓦松、瓦花、瓦塔、狗指甲，广泛分布在深山向阳坡面，岩石隙间，古老屋瓦缝中也有生长，耐旱耐寒。

欹 枕

唐·郑谷

欹枕①高眠日午春，酒酣睡足最闲身。
明朝会得穷通②理，未必输他马上人。

【题 解】

"欹枕"是由"欹器"原理发展而来的。欹器是古代的一种礼器，其特点是"虚则欹，中则正，满则覆"。历代统治者将其放在座位的左右，用来提醒自己，做事情要符合中庸之道，适可而止，慎防"满则覆"

的结果。

　　古人的名句诸如"黑发不知勤学早，白发方悔读书迟""天波易谢，寸暑难留"等，时刻警醒着人们要珍惜时光，发愤苦读。作者闲散慵懒的处世态度岂不是对过往先哲告诫的亵渎吗？其实不然，作者当然深知读书知理的重要性，他为自己的行为做出了饱含禅意的解答："明朝会得穷通理，未必输他马上人。"禅宗提倡"明心见性"的修行方法，一切法尽在自身之中，因此，人皆有佛性，不许向外寻求。南宗禅特别提倡"顿悟"的修行方法，这也是"明朝会得穷通理"的含义，人的本性原来清净，具有般若智慧，但是被妄念所掩盖。假如得到善的知识指引，一旦妄念尽除，内外明澈，就能够"一悟即至佛地"。郑谷的诗歌中描绘的生活方式实际上是禅宗修行方法的体现，代表了中国传统注重直觉和顿悟的思维方式。

【注 释】

　　① 欹枕："欹"通"攲"，歪斜的姿态。斜靠、斜倚的姿态。
　　② 穷通：本意指困厄和显达，后用来指道理的阻隔与通畅。

寓　怀

唐·李山甫

万古交驰一片尘，思量名利孰如身。
长疑好事皆虚事，却恐闲人是贵人。
老逐少来终不放，辱随荣后直须匀①。
劝君不用夸头角②，梦里输赢总未真。

【题 解】

　　李山甫，晚唐诗人，主要活动于咸通年间。

　　这首诗是一首讽喻之作，富含诗人对艰辛生活的体悟，寓于深厚的哲理。"万古交驰一片尘"，诗人将追求名利的喧嚣描绘得淋漓尽致，追逐财富与权势是人类的天性，无论何朝何代，人们为物欲所驱使，拜倒在名利的脚下。然而世间没有可以传至无穷世代的财富和权力。在作者看来，保全自身才是真正值得追求的，所谓的"保全自身"并非单纯的字面意思，而含有对真性情、真我的探求和追寻。变化是唯一不变的，不变则是相对的、暂时的。在绵亘的时间单位上，作者才发出这样的感叹"长疑好事皆虚事"。因为在后人看来，今天值得欣悦之事可能只是一场烟云而已。

　　"老逐少来终不放，辱随荣后直须匀"二句充满了辩证法的精髓，实际上是对"福祸相依"理论的阐发。在作者眼中，成败荣辱、利害得失仿佛是一场大梦，梦中的输赢又何必斤斤计较呢？为了极小的事物而引起巨大的争执，乃至为此葬送性命，这些都是作者所鄙夷的。

【注 释】

①匀：平均、均匀。
②头角：比喻气概才华或出众、优异的才能。韩愈《柳子厚墓志铭》："虽少年已自成人，能取进士第，崭然见头角。"

风

唐·李山甫

喜怒寒暄①直不匀，终无形状始无因。

能将尘土平欺客，爱把波澜枉陷人。

飘乐递香随日在，绽花开柳逐年新。

深知造化由君力，试为吹嘘②借与春。

【题解】

　　诗歌咏"风"，以人的喜怒哀乐来形容风的变幻无常。我们一般用风的倏忽来表现人感情的变化，诗人反其道而行之，却在看似矛盾的比喻中寓以深刻的哲理：人的情感因人际关系而变化，忽冷忽热的感情难以捉摸，人际关系的时好时坏也就不言而喻了。这就是"终无形状始无因"一句所隐含的深意，它表面上是在写风，实际上是在写人际关系。

　　"能将尘土平欺客，爱把波澜枉陷人"两句饱含讥讽，讽刺了那些借助"风势"构陷欺压忠臣义士的小人。作者所持的态度是公允的，辩证地看待事物。虽然存在借助"风势"陷害他人者，但"风"本身并无过错。相反，花粉的传播、香味的飘散、乐歌的悠扬也同样需要借助风的力量。作者深明此理，希望能够借助"风"的力量来帮助自己。实际上，这首诗带有干谒的意味，他以诗寄情，表达自己渴望获得重臣援引的希冀。

【注释】

　　①寒暄：寒，寒冷；暄，温暖。

　　②吹嘘：口出气，嘘气。借指为表扬或吹捧。

古石砚

唐·李山甫

追琢他山石，方圆一勺深。
抱真唯守墨，求用每虚心。
波浪因文起，尘埃为废①侵。
凭君更研究，何啻②直千金。

【题解】

　　这首咏物诗描绘了文人日常生活里常见的砚台，作者从石砚生产到日常使用的平常之事中，体会到了虚心求教、谦虚谨慎的妙处，并且由石砚"用"与"废"两个角度出发，阐明了用进废退的道理和努力进取的自我激励。诗歌首联化用了"他山之石，可以攻玉"（《小雅·鹿鸣》）的典故。砚台是文人的文房雅物，所以往往用来代指文人。作者在颔联中赞颂了石砚的高贵品质："抱真"和"虚心"。"抱真"是抱朴守真的简称，此说出自《老子》："见素抱朴，少私寡欲，绝学无忧。"意为现其本真，守其纯朴，即不为外物所牵累。正因为它具有"虚心"的本质，才能为人所用。

　　诗歌的颈联也富含深意，具有哲理。"用进废退"是现代生物学家提出的一种进化论观点，它主要认为生物体的器官经常使用就会变得发达，而不经常使用就会逐渐退化。人类的技能也是如此，作者这里主要指文学创作才能。"凭君更研究，何啻直千金"一语双关，既指研墨的过程，又指锻炼文采。其现代意义也十分明显，那就是无论从事何种工作，只要能够勤奋努力、虚心求教，都能获得最后的成功。

【注 释】

①废：废弃。

②何啻：不止、岂止。

题简禅师院

唐·贯休

机忘①室亦空，静与沃洲②同。

唯有半庭竹，能生竟日③风。

思山海月上，出定④印香终。

继后传衣者，还须立雪⑤中。

【题 解】

贯休，唐末五代著名诗僧，七岁时投和安寺圆贞禅师出家为童侍。

这是一首阐发佛理的诗歌，作者通过赞扬简禅师的佛偈表达礼佛修行的心得和体悟。首句说人去屋空，空荡荡的禅室在一般人看来不过是间空屋而已，但是在佛教徒心中却象征着修行者所达到的万法皆空、寂寂真如的境界。所以，作者称赞简禅师静心之至与"沃洲"（即支遁）相同。颔联"唯有半庭竹，能生竟日风"充满了唯心主义哲学的辩证法，与六祖慧能所阐发的"非风动，非幡动，仁者心动"具有相似性。这句既是对现实景物的客观描写，又代表了南宗禅修炼的法门。据《坛经》所云，一切皆从心起，心不起则一切不起，心不动则一切不动。见物形状者看物静相、动相，实际上是自身内心动、静二境的转换。作者在最后勉励自己，要想继承先辈的衣钵，就要像二祖慧可一般具有立雪求法的弘法大愿，不断增进自己的修行。这首诗既有唯心主义哲学的思辨精华，又含有弘扬主观能动性的一面，是一首情与理兼得的哲理诗。

【注释】

① 机忘：又作"忘机"或"息机忘世"，出自《列子·黄帝》。"忘机"是说把得失荣辱的机智巧诈之心都忘记了。

② 沃洲：山名，在浙江省新昌县东，上有放鹤亭、养马坡，相传为晋代高僧支遁放鹤养马处。唐代僧人多于此处修行。

③ 竟日：终日。

④ 出定：佛家以静心打坐为入定，打坐完毕为出定。

⑤ 立雪：指禅宗二祖慧可为求得达摩衣钵真传，在达摩面壁的石室外立雪断臂，最终打动了达摩的故事。

行路难 五首选一

唐·贯休

其 二

不会当时作天地，刚有多般愚与智。

到头还用真宰心，何如上下皆清气。

大道冥冥不知处，那堪顿得羲和①辔。

义不义兮仁不仁，拟学长生更容易。

负心为垆②复为火，缘木求鱼③应且止。

君不见烧金炼石古帝王，鬼火荧荧白杨里④。

【题解】

　　这首乐府诗可以分为三个层次，前四句为第一层，"大道"至"应且止"是第二层，尾联为第三层。作者从人类诞生反推到天地之初，"愚"与"智"在本初时是混同为一的，二者本身并不存在差别。而天地开辟后，人类使得世界失去了清静，不管是贤者还是愚人都在烘炉之中争夺攫取，使得贪鄙和丑陋充斥着整个世界。作者认为，早知如此，还不如天地不曾开辟，上下一片清正，那该是何等的单纯、静谧和美好。

　　羲和指太阳，传说他是太阳的赶车夫，因此作者用"辔头"不可停来代指时间是永远不停流逝的。这里就含有了人生有限、时不我待的含义，用以勉励修行者去追求无涯的大道，这也是诗题"行路难"所包含的一重含义，指出修行的困难。"君不见"二句，说明众生皆有死，无人能逃脱轮回的结局。末句强调了无论是殉道的仁人志士还是求取长生的贪婪之徒，最终都归于"鬼火荧荧"，这种森森可怖的气氛强化了此诗警示箴戒的效果。

【注释】

　　① 羲和：传说中太阳的赶车夫，王逸注《楚辞》云："羲和，日御也。"《淮南子·天文训》注释相同。在《山海经》中羲和是太阳的母亲，因此后代常用羲和指代制订时历的人。

　　② 垆：本意是黑色坚硬的土，这里用来指代"炉"。

　　③ 缘木求鱼：典出《孟子·梁惠王》，爬到树上去找鱼，比喻方向或办法不对，不可能达到目的。

　　④ 白杨里：中国古代认为杨树和柳树为"鬼树"，因为一般坟墓旁都会广植杨柳，所以常用杨树聚集的地方来代指坟墓。

村　行

北宋·王禹偁

马穿山径①菊初黄，信马悠悠野兴长。
万壑有声含晚籁②，数峰无语立斜阳。
棠梨③叶落胭脂色，荞麦④花开白雪香。
何事吟馀忽惆怅，村桥原树似吾乡。

【题 解】

　　王禹偁，宋代诗人、散文家，北宋诗文革新运动的先驱。

　　该诗作于作者淳化三年贬官商州之时，含蓄表达了迁谪途中的思乡之情。作者移步换景地描绘途中所见，照应了情绪上由悠然至怅然的变化，融情于景，情景交融。同时，本诗的创作也显示出作者的独特哲思。钱钟书《宋诗选注》评论此诗说：按逻辑说来，"反"包含先有"正"，否定命题总预先假设着肯定命题。王夫之《思问录·内篇》所谓："言'无'者，激于言'有'而破除之也。"诗人常常运用这个道理。山峰本来是不能语而"无语"的，王禹偁说它们"无语"，仿佛表示它们原先能语，有语、欲语而此刻却忽然"无语"。这样，"数峰无语"才不是一句不消说得的废话。

【注 释】

　　① 山径：山中小道。
　　② 晚籁：夜晚或傍晚时的各种天然响声。
　　③ 棠梨：杜梨，又名白梨、白棠。落叶乔木，木质优良，叶含红色。
　　④ 荞麦：一年生草本植物，秋季开白色小花。果实呈黑红色三棱状。

【名句】

万壑有声含晚籁，数峰无语立斜阳。

放　言

北宋·王禹偁

谁信人间是与非，进须行道退忘机。
卦逢大壮羝羊^①困，乡入无何蛱蝶^②飞。
泽畔衣裳兰作佩^③，山中生计竹为扉。
饥肠已共夷齐^④约，一曲高歌去采薇。

【题解】

诗歌通过个人遭际的描绘表达对现实政治的批判和对生民百姓的同情，以及个人坚守道德、正道直行的决心。诗歌的开篇用激烈的言辞表达了作者的不满和批判。作者经历了政治上的诸多打击后，已经对现实充满了失望之情。王禹偁为人性格刚直，兼具百折不挠的坚韧，即使遭受了政治上的打击，也愿意坚守"行道"的底线。作者排遣心中不平，依靠的是道家式的哲学"退而忘机"，只有这样才能在风雨波澜中保持内心的澄净。

王禹偁试图通过逍遥自适的态度和物我齐一的认知来抵消外界所施加的压力，这其中包含了作者浪漫的思想情感和丰富的人生哲学思考。诗歌的颈联和尾联主要描述了躬耕田园，退隐山林生活的景象，隐含着屈原式的人生理想，也透露出了诗人坚贞不屈、独立守道的决心。

【注释】

① 大壮羝羊：出自《易经》第三十四卦，代表刚强正直，无所畏惧。
象辞曰"大壮，大者壮也。刚以动，故壮。大壮利贞；大者正也。
正大而天地之情可见矣"。其九三爻辞曰"小人用壮，君子用罔，
贞厉。羝羊触藩，羸其角"。"羝羊触藩"，有进退两难的含义。

② 无何蛱蝶："无何"，指"无何有之乡"，典出《庄子·逍遥游》，
意为虚幻而空洞的境界。"蛱蝶"即"庄周梦蝶"，出自《庄子·齐
物论》，主要阐述了道家哲学中真实与虚幻之间的关系，以及世间
万物皆为一体，物我合一的哲学思想。

③ 兰作佩：指代屈原，《离骚》："纫秋兰做佩巾。"

④ 夷齐：伯夷叔齐，他们是商末孤竹君的两个儿子。相传其父遗命要
立次子叔齐为继承人。孤竹君死后，叔齐让位给伯夷，伯夷不受，
叔齐也不愿登位，先后都逃到周国。周武王伐纣，二人叩马谏阻。
武王灭商后，他们耻食周粟，采薇而食，饿死于首阳山。

明月溪

北宋·王禹偁

汎流①者为谁，人骨皆已朽。
我来寻故迹，溪荒乱泉吼。
惜哉幽胜事，尽落唐贤手。
惟余旧时月，团团照山口。

【题解】

这首《明月溪》是王禹偁《八绝诗》中的一首。宋太宗至道元年，

王禹偁任翰林学士，后以谤讪朝廷的罪名，以工部郎中贬知滁州。他为排遣心中郁结，游览了滁州的名胜古迹，写下了《八绝诗》。明月溪是滁州的胜景之一，在唐代时已是名胜之所，但是经历五代战乱后已遭破坏。往日之胜迹化为今日之废墟，这沧海桑田之感引发了诗人无尽的感慨之情。儒家的人生态度基本上是积极入世的，但孔子同时也指出了归隐的道路"道不行，乘桴浮于海"，"天下有道则见，无道则隐"，孟子将这种精神发展为"穷则独善其身"。王禹偁作为一名屡遭贬谪的儒家信徒也不能逃脱由进取到归隐的轨迹。欲有为而不得，则退而归隐，独善其身，是中国古代士大夫留给后人道德修养的宝贵遗产，有助于人们培养独立坚守的道德品质。

【注 释】

①汎流：泛流，乘船漂流。

孤山寺端上人房写望

北宋·林逋

底处凭阑①思眇然，孤山②塔后阁西偏。
阴沉画轴林间寺，零落棋枰葑上田③。
秋景有时飞独鸟，夕阳无事起寒烟。
迟留更爱吾庐近，只待重来看雪天。

【题 解】

林逋，北宋著名词人、诗人。因其酷爱梅花、仙鹤，有"梅妻鹤子"

之称。

此诗是作者秋日游览孤山寺，在端上人房中饱览美景时所作。诗歌以素淡的笔触，描绘出幽邃深远的景色，并透露出一种神秘幽寂的意境。

诗人凭阑纵目时，思绪飞驰，幽思因何而起呢？读者只能从颔、颈二联的四幅风景画中寻找。先是一幅"林中寺"：阴森森的树林里，隐隐约约地闪现出几所寺院。诗人身处佛地，心有佛法，所以第一眼看到的便是佛寺，这便是佛教中所称的"观我"。第二幅是"葑上田"。这与陶渊明"结庐在人境，而无车马喧"意境相仿。第三幅是"空中鸟"。诗人描绘的这只"独鸟"具有强烈的个人色彩，更刻画出作者孤单寂寞的心境。最后一幅描绘了人间的景象，即"墟里烟"。四幅图画展现的正是端上人日日置身其间的幽深清寂的环境。而这种环境与林逋这位幽人断绝尘想、潇洒物外的恬静心境、闲逸情致正相吻合。作者从中领略到了佛法的真谛，万物空相，缘起性空，渺然幽思便由此而起。

【注 释】

① 阑：通"栏"，即凭栏。
② 孤山：位于浙江省杭州市西湖风景区旁，是西湖的一个著名景点。
③ 葑上田："葑"即菰根，俗称茭白根。"葑上田"又称架田，古人活用水田，将木框浮于水面，框内充满葑泥，水涨水落而架田不颠覆。

汉 武

北宋·刘筠

汉武天台①切绛河，半涵非雾郁嵯峨。
桑田欲看他年变，瓠子②先成此日歌。

夏鼎^③几迁空象物，秦桥^④未就已沉波。

相如作赋^⑤徒能讽，却助飘飘逸气多。

【题 解】

  刘筠，北宋文学家、诗人。宋真宗咸平元年进士，参与修撰了《册府元龟》等大型类书。

  汉武帝在绛河边修建仙台以求长生，然而这高彻云端的天台却是由无数民脂民膏堆砌而成的。历史的教训告诉我们，穷尽民力以满足统治者的穷奢极欲，往往是为自己掘好坟墓。人们只看到了陵谷变迁、田园改貌，却始终不曾见过麻姑的样子。作者从根本上否定了仙人的存在，因而求仙也就是虚妄的。汉武帝虽得九鼎（指天下），但执迷不悟，一味求仙，荒废政事，其结果只能和秦始皇一样，石桥沉没，江山难保。诗歌的尾联作者以司马相如自比，希望自己的这篇诗歌不要像《大人赋》一样，本是讽刺却被人误解，起到了相反的效果。他主要讽刺的对象是宋真宗，这位皇帝当时正在迷信求仙，刘筠有感而发创作了这首诗歌。

【注 释】

  ① 天台：汉武帝在绛河边所修建的高台，用以求仙，又称"仙台"。

  ② 瓠子：汉武帝亲临黄河决口现场的即兴诗作。武帝元光三年，黄河决入瓠子河，淮、泗一带连年遭灾。至元封二年，汉武帝在泰山封禅后，发卒万人筑塞，下令以薪柴及所伐淇园竹所制成的楗堵塞决口，成功控制洪水。

  ③ 夏鼎：传说夏禹收集九州的金属铸成的鼎。鼎上镂刻山精水怪，使人民知其形状，以后在山林川泽中遇上可以辨认而不被迷惑，后用夏鼎来代表取得天下。

  ④ 秦桥：据晋代伏琛《三齐略记》所载，秦始皇东游至齐，在海中作石桥，海神为之竖柱。始皇求与相见。海神曰："我形丑，莫图我

形，当与帝相见。"乃入海四十里，见海神，左右莫动手，工人潜以脚画其状。神怒曰："帝负约，速去。"始皇转马还，前脚犹立，后脚随崩，仅得登岸。

⑤ 相如作赋：指西汉辞赋家司马相如的作品《大人赋》。此赋主要讽谏汉武帝不要求仙，但是因为描写富丽、想象丰富，反而激起了汉武帝求仙访道的兴趣。

景阳台怀古

北宋·徐铉

后主亡家不悔，江南异代①长春。
今日景阳台上，闲人何用伤神！

【题 解】

徐铉，宋初文学家、诗人。与弟徐锴有文名，号称"二徐"。徐铉是南唐的亡国之臣，他对于南唐的灭亡痛心疾首却又无可奈何。作者登上景阳台，面对江南不变的秀丽景色黯然伤魂，"后主"刘禅亡家不悔，"乐不思蜀"伤透了蜀臣之心。徐铉所侍奉的后主李煜也具有相似的特点，既然"主上"都不会为家国的衰亡而伤心，"我"这臣下又何苦伤神呢？看似是作者的自我排解之语，实际上包含了深刻的讽刺。"江南异代长春"显示出作者深刻的哲思，朝代更替与长久不变的自然相比，引申出了天地久长、人事转瞬即逝的感受，并纳入到人生有限而自然永恒这一哲学范畴中来。

【注 释】

① 异代：改朝换代。

除 夜

北宋·徐铉

寒灯耿耿^①漏迟迟，送故迎新了不欺。

往事并随残历日，春风宁识旧容仪？

预惭岁酒难先饮，更对乡傩^②羡小儿。

吟罢明朝赠知己，便须题作去年诗。

【题 解】

这是一首描写除夕夜晚的诗歌，诗中对时间流逝的微妙感觉把握精到，显示了诗人对客观规律的准确把握，以及人生短暂的感叹。同时还体现了作者对"新"与"旧"、"往"与"今"的辩证关系的深刻思索。

诗歌的首联描绘了寒夜之中，独自守岁等待时间流逝的场景。在一岁将尽的除夕夜，这种场景更能激起作者珍惜时间的感受。"送故迎新了不欺"则表达了诗人无可奈何之情，也说明他准确地把握住了时间的一维性、不可逆性的特征。时间是最为公平的，它不会为任何人驻足停留，这种难以改变的客观规律使得诗人心中升起无限的惆怅。诗歌的尾联饱含辩证的理趣，作者在除夕所写的诗篇，第二天就成为"去年"的"旧作"。在这种对比中更显示出时间的迅捷与快速，而"新""旧"之间的转换也如此快速。作者的精妙构思建立在他对宇宙人生哲理的深刻体悟上，愈读愈有味。

【注释】

① 耿耿：指微明貌。

② 乡傩：典出《论语·乡党》："乡人傩，朝服而立於阼阶。"傩是民间的一种歌舞戏。后世指迎神驱鬼的民俗。

示张寺丞王校勘

北宋·晏殊

元巳①清明假未开，小园幽径独徘徊。

春寒不定班班雨，宿酒难禁滟滟杯。

无可奈何花落去，似曾相识燕归来。

游梁赋客②多风味，莫惜青钱万选③才。

【题解】

晏殊，宋代著名词人、诗人、散文家。晏殊与其七子晏几道，被尊为北宋词坛上的"大晏"和"小晏"。

这首诗是作者酒后抒写怀抱的作品。"无可奈何花落去"写的是自然景物，暮春时节，花皆凋零。作者感叹落花，是因为盛开的花朵往往令人联想到勃勃的生机，因此落花常被诗人用作年华消逝、爱情变质、理想消退、事业失败的象征。这种美好事物的消逝有时并非人力所能改变，如同落花乃是自然界的客观规律一般。燕子南北迁徙，也象征着冬去春来，是一种无穷交替的人生感悟。"似曾相识"赋予燕子以人的感情，这是人的意识在物象上的投射。"花落去"与"燕归来"隐含着时间的交替，而人生就在这无穷的交替之中逐渐衰老直至消失，这是作者感慨"无可奈何"的主因。但是作者并非一味消极，他在短暂的人生中

还发现了更为珍贵的东西，那就是人与人之间的交往，这种"人情"是可以超越时空而永恒存在的，这就是"似曾相识"的含义。作者将两种极其普通的自然现象纳入人生有限而时间永恒这一哲学范畴中来，并创造出一种"情中有思"的意境，是宋代哲理诗的典范之作。

【注 释】

① 元巳：上巳节，每年阴历的三月初三，古代时官员在这天休沐，有"被除洗浴"的习俗。

② 游梁赋客：指汉代的司马相如、枚乘等辞赋家。他们当时被梁孝王招揽幕下，称为梁王的宾客，天天在梁园饮酒作赋，因此称为"梁园赋客"。

③ 青钱万选：典出《旧唐书·文学传》，张荐被员外郎员半千称赞"张子之文如青钱，万简万中，未闻退时"，后用"青钱万选"比喻有文采、有才华的人或文章出众。

【名 句】

无可奈何花落去，似曾相识燕归来。

赴桐庐郡淮上遇风 三首选一

北宋·范仲淹

其 三

一棹①危於叶，旁观亦损神。

他时在平地，无忽险中人。

【题解】

这首诗是作者被贬途中所作，陈与义《后山诗话》中道明此诗的来历"范文正淮上遇风作此诗。虽弄翰戏语，猝然而作，其济险加泽之心，未尝忘也"。范仲淹作为一名在政治上力图有所作为，锐意改革的政治家，一生也是屡经风波、仕途坎坷。在改革的过程中，他所经历的政治波浪就如同现实中遭遇风波一样危险，个人的力量往往如同一叶扁舟漂浮在河海之中，这样危险的境地就是旁观者看到也会胆战心惊。作者提醒自己，将来如果重新回到庙堂之上，切勿忘记了那些经历政治波折的时刻，对于那些正在经历风暴的历险者也要施加援手，因为居安思危和处危思安二者是辩证统一的。

【注释】

① 棹：划船的一种工具，形状和桨差不多。这里用来代指小船。

八月十四夜月

北宋·范仲淹

光华岂不盛，赏宴尚迟迟。
天意将圆夜，人心待满时。
已知千里共，犹讶一分亏。
来夕如澄霁①，清风不负期。

【题 解】

　　此诗作于中秋前夜，这本是阖家团圆的美好佳节，作者却在首联描绘了一幅将圆未圆的秋月图。"天意将圆夜，人心待满时"是全诗的精华所在，期待月圆实际上代表了人类对完美的追求，高度概括了古往今来的人们渴望万事得全的美好愿望。佛经以十五满月代表破除迷惑的最高境界，而范仲淹这首诗也明显受到了佛教哲理的影响。诗歌的尾联是表达作者自己的心志，也是这首诗的落脚点：人生在世，万事不必刻意追求，而应遵循客观规律，真正做到豁达，不受世俗羁绊。"来夕如澄霁，清风不负期"，作者用淡淡的彩笔，抹上几许亮色，又带来几缕凉风，"澄霁"、"清风"与"光华"相呼应，便使整个画面色彩更加柔和而美丽，阵阵秋风又给惆怅的情怀平添了几分爽意。

【注 释】

　　① 澄霁：天色清朗或廓清。谢灵运《游南亭》："时竟夕澄霁，云归日西驰。"

【名 句】

　　天意将圆夜，人心待满时。

书扇示门人

北宋·范仲淹

一派青山景色幽，前人田地后人收。

后人收得休欢喜，还有后人在后头。

【题 解】

　　这首诗明白如话，用浅近白话写成，在平淡流畅的语言中说理，却意蕴深厚，反映了宋代哲理诗的主要特点。一派青山风景恬静优美，前代人留下的田地已经被后人占有了，但是现在的占有者切莫得意高兴，因为手中的田产还会变成再后来者的财产。山河依旧而人事更替，得失不会永远不发生变化，财产如此、权势如此。得失总是在相互转化，今天的得会变成明日之失，事物总是按照这样的客观规律发展变化着。范仲淹这首诗提醒众人"休欢喜"，正是看到了"得"背后所蕴含的风险，一方面教育人们要居安思危，一方面也勉励众人不要被眼前的失败所打倒，因为祸福相依，今天的失败也可能转化为明日的成功。

小 桧

北宋·韩琦

小桧新移近曲栏，养成隆栋①亦非难。
当轩不是怜苍翠，只要人知耐岁寒。

【题 解】

　　韩琦，北宋政治家，"庆历新政"的主要推动者之一。
　　作者托物咏怀，借咏桧柏来表明个人的坚贞志向。作者之所以将"小桧"移栽到窗前，并不是为了观赏。"养成隆栋亦非难"一句，透露出作者对"小桧"的期许，因为它长成参天的栋梁之才亦非难事。但是作者更看重的是它岁寒不凋的品格，所谓"岁寒，然后知松柏之后凋"。

　　韩琦一生历经了多次政治风暴，他在宦海浮沉之际却一直保持了自己独立的人格和坚贞的情操。这首诗既是韩琦的自况，又启示着人们培养人才不能只考虑其外在，而忽略了其本质，对人的培养要更关注其内在的品格，从小注意其情操和素质的培育。

【注 释】

　　① 隆栋：指高大的栋梁，后用来比喻栋梁之才。

献范公诗 节选

北宋·苏麟

近水楼台先得月，向阳花木早逢春。

【题 解】

　　这是一首献给范仲淹的干谒诗。这首诗全诗无传，只留下了这两句，因为饱含讽喻和哲理意义被保存下来。诗句的原意是要向太守范仲淹说明，直属于州郡府衙的官兵因为任职的关系较为接近太守，所以能被优先推荐。这种情形实际上是对现实不公的控诉，只是借助了较为诗意的表达方式而已。利用与官员亲近的关系来取得自身的利益，这种讽刺性在今天看来尤其具有现实意义，"近水楼台"也演变为成语，用来批评讽刺那些为了照顾关系而给予他人特殊利益或便利的人。

【名句】

近水楼台先得月，向阳花木早逢春。

画眉鸟

北宋·欧阳修

百啭^①千声随意移，山花红紫树高低。
始知锁向金笼听，不及林间自在啼。

【题解】

诗人通过画眉鸟在山林中和鸟笼中两种不同鸣叫的对比，抒写了个人摆脱名利枷锁，回归自然的深意。诗人托物寓情，以读书人的境遇为意象所指的深层含义。"金笼"固然是一种安闲、舒适的生活，但是一旦被锁入其中，生活形态也就发生了变化。丧失自由的代价是再也不能唱出那种顺乎天性的"自在啼"了。中国古代士大夫也面临着这样的生存困境，他们身处江湖之时，往往能够自由地写作，展现出思想的锋利和光华。这种文章一旦被统治者所知，就要千方百计地拉拢"人才"，将他们豢养在朝堂之上。这时的文人们一旦为舒适的生活方式所规训，也就失去了原本的自由写作的状态。他们畏首畏尾，惧怕失言带来的祸患，文章写得四平八稳，也就无所谓思想的深度与力度了。

【注 释】

① 百啭：鸣声婉转多样。

赠学者

北宋·欧阳修

人禀天地气，乃物中最灵。
性虽有五常^①，不学无由明。
轮曲揉而就，木直在中绳。
坚金砺所利，玉琢器乃成。
仁义不远躬，勤勤入至诚。
学既积于心，犹木之敷荣。
根本既坚好，翁郁其干茎。
尔曹直勉勉，无以吾言轻。

【题 解】

　　这首《赠学者》是一首鼓励学生奋发学习的诗作。诗歌首先表明人是天地之间的万物之灵，人的本性中虽然已经具有五常的基本要素，但是依旧需要学习。作者以《荀子·劝学》中"揉木为轮"、"砺金琢玉"为喻，阐发了学习的重要性：人的先天本性需要后天教育学习的指引，否则原本的良才也会成为废物。"仁义不远躬"正是欧阳修思想哲学的一贯体现，一切的仁义道德并不是脱离生活的无本之木、无源之水。它就存在于一般的生活中，不需要"远躬"求取。在欧阳修看来，只要勤学苦练，就能在学问与道德上取得双丰收。学问是基本，只有基于对道德文章的深刻理解，才能开出美丽的道德之花。

【注 释】

　　① 五常：儒家五常，仁义礼智信。

戏答元珍①

北宋·欧阳修

春风疑不到天涯，二月山城未见花。
残雪压枝犹有橘，冻雷惊笋欲抽芽。
夜闻归雁生乡思，病入新年感物华②。
曾是洛阳花下客，野芳③虽晚不须嗟！

【题 解】

　　此诗是欧阳修遭逢贬谪之后的作品，诗中含有蛰居山野的寂寞心情和自我宽慰的豁达之意，其中又包含了积极进取的人生哲学。作者通过抒写物象的时节变化，表达个人作为"野芳"绽放的雄心。

　　欧阳修在宋仁宗景祐三年被贬为峡州夷陵县令，这首诗就是次年春天作于夷陵的作品。元珍是其朋友丁宝臣的字，他当时任峡州的判官。题目的"戏"字透露出作者的本意，其实本篇是游戏之作，虽然包含了政治失意的痛苦，但作者作诗的本意是为了突出个人旷达的胸怀，因此颔联就描写了山城独有的物产"柑橘""竹笋"。鲜美的柑橘在雪中生存，意象中饱含着不屈不挠的斗争意识，象征着作者的坚韧不拔。而竹笋则在冻雷初响中被"惊醒"，它亦积蓄着力量，正要冒出新生的嫩芽，突破严厉的压制。这两句诗读来朗朗上口，给人一种奋发向上的感受。"夜闻归雁"与"病入新年"反映出诗人心里的苦闷，流放山城兴起乡思之情在所难免，而这乡思之情又变成乡思之病，面对新年又至物华更新，不免要感慨时光的流逝和人生的短暂。但是作者的情绪并未就此消极下去，他转而回忆起当初在洛阳时的美好时光。作者曾任职洛阳推官，见识过牡丹盛开的美景，在作者的眼中，繁华已经成为记忆中永存的美好时光，那么此处晚开的野花也就没有什么值得自己嗟叹之处了。通过盛衰之间的对比，作者完成了自我的救赎。

【注 释】

① 元珍：丁宝臣，字元珍，北宋官员、诗人。景祐进士，历官太子中允、剡县知县、太常博士。任诸暨知县时除弊兴利，越人称为"循吏"，官至秘阁校理、同知太常礼院。与兄丁宗臣俱以文知名，时号"二丁"。

② 物华：自然景物。杜甫《曲江陪郑南史饮》："自知白发非春事，且尽芳樽恋物华。"

③ 野芳：野花。

鲁山山行

北宋·梅尧臣

适与野情①惬，千山高复低。
好峰随处改，幽径独行迷。
霜落熊升树，林空鹿饮溪。
人家在何许？云外一声鸡。

【题 解】

梅尧臣，北宋著名诗人。他与欧阳修为至交好友，共同参与推动了北宋诗文革新运动的发展。

作者描绘自己在鲁山中旅行时的见闻，移步换景中达到了情景交融的境界。"千山高复低"写出了作者跨越一重重山峰时的心理感受，仿佛山峦自己活了过来，忽高忽矮。这种情趣直接引出了"好峰随处改"的诗句，山峰的雄伟壮丽是随着观看角度的变化而变化的，这种充满了动感的笔触给人一种新鲜直观的感受。

  "人家在何许？云外一声鸡"是本诗的名句，也是全诗最有意蕴的一句。人家隐藏在云雾之中，并不直接显现，作者通过细致入微的线索解释表象背后的客观真实，这种思维方法体现出作者哲学思辨的深度。视角上由近景转移到远景，虚实之间的转换自然真切，产生了回味无穷的意蕴。实际上，不单单是此句，诸如"千山高复低""好峰随处改"都蕴含着哲理意味，使得梅尧臣的诗歌呈现出一种哲理的意境化的特征。

【注 释】

  ① 野情：喜爱山野之情。

【名 句】

  人家在何许？云外一声鸡。

疲 马

北宋·梅尧臣

  疲马不畏鞭，暮途^①知几千？
  当须量马力，始得君马全。

【题 解】

  这首咏物小诗非常直观地体现了梅尧臣"平淡"诗风的特点，他选取的物象"疲马"也是古今诗人吟咏的常见对象。以往的诗作往往传递出一种疲倦劳累的人生感受，而梅尧臣此诗则从理趣入手，主要讨论的是如何使用民力的问题。

中国古代士大夫受限于时代背景，他们将管理百姓视为"牧民"。梅尧臣作为一名封建士大夫，亦不能超越他所处的时代环境。梅尧臣将困顿的百姓视为"疲马"，民力已经穷尽的百姓是不会再惧怕严刑峻法的，这时再用皮鞭去抽打他们，只会起到相反的效果。只有量力而行，珍惜马力，给予百姓休养生息的机会，他们才能继续上路，否则终将导致马死民反的结局。跳出具体的时代背景来看，此诗实际上体现了一种普遍哲理：量力而行。按照能力的大小和客观规律去办事，这是无论哪个朝代都应遵循的法则，这一法则的背后还包含了实事求是的科学态度。

【注 释】

① 暮途：傍晚的路程。多比喻困境或晚年。

过华亭①

北宋·梅尧臣

晴云噪鹤几千只，隔水野梅三四株。
欲问陆机当日宅，而今何处不荒芜！

【题 解】

此诗是梅尧臣经过华亭时所作，华亭即今天上海松江地区，汉末建安二十四年，东吴名将陆逊因功被封华亭侯，华亭始见于史传记录。作者游历此地并非直接表现历史上煊赫的陆氏家族，而是通过吟咏风物的

方式，以"晴云噪鹤"和"隔水野梅"为吟咏对象，抒发了人事代谢之感，并通过无意识的景物变换反衬出作者强烈的生命意识和历史观念。年年绽放的腊梅被作者用来代表时间的不停流逝。华亭的仙鹤依旧鸣叫，而与接近千年的时光相比，所谓功名富贵只是一种外在价值，它依附于个体生命而存在。就如同已经荒芜的陆机旧宅一般，如果失去了个体，那么这些依附于生命存在的物体也就没有了延续的可能。

【注 释】

① 华亭：上海松江府的古称。

题花山寺壁

北宋·苏舜钦

寺里山因花得名，繁英①不见草纵横。
栽培剪伐须勤力，花易凋零草易生。

【题 解】

苏舜钦，字子美，与梅尧臣合称"苏梅"，诗歌奔放豪健，气势非凡，是宋代少有的学习李白诗风的作家。

作者本来是为了寻访繁花、观赏游览的目的来到花山寺的，但是目之所及只有"草纵横"，他的失望之情可想而知。中国古人讲求"循名责实"，但是这花山寺却是有名无实，作者借此讽刺朝政，表明自己的心迹，论述了培养人才、保护人才的问题。此诗借用"繁英"比况忠臣贤良，以杂草丛生象征当时污浊的朝政。

在作者所处的时代，虽然号称盛世，但实际上在繁华的表象下潜藏着深刻的危机。吏治腐败已经到了难以容忍的地步，而巨宦贵戚又阻断了朝廷的言路。有识之士已经意识到这所谓的盛世是"名不副实"的。宋代号称善待士大夫，可是在作者看来，这种"善待"实际上也是有名无实的。为政者应该精心栽培鲜花，除去杂草恶草，使得群贤毕至。而在修剪的过程中，应当做到"勤力"，除恶务尽。

【注 释】

① 繁英：繁花。

杂 兴

北宋·苏舜钦

虎豹性食人，智者畜为戏①。
形影本相亲，愚夫见而畏。
疑同不疑异，远哉愚与智！

【题 解】

这首诗是苏舜钦与好友梅尧臣相互赠答之作中的一首，主要内容是对"庆历新政"失败原因的探索。该诗论述主要集中在"智"与"愚"二者对待贤人的不同态度上，从二者的对比中显示出巨大的讽刺力量。在作者看来，"智者"的高明之处正在于能够化敌为友，为我所用。虎豹是最为凶猛的动物，在政治上则隐喻着最为强劲和顽固的敌人，而高明的政治人物则能够驯化"虎豹"，改变他们的政治立场，成为己方阵营的生力军。可惜的是，"庆历新政"的主要领导者们似乎缺乏这样的能力，反倒是像愚人一般畏惧自己的"影子"。影子本是自身的一部分，在作者眼中代表着改革阵营中最为坚定的支持者，实际上也是作者的自喻。愚夫畏影而走，实际上是庸人自扰、不明事理，没有识人之明的表现。此诗简单明快，语言流畅简易，蕴含了如何处理集团内部不同关系的深刻哲理。

【注 释】

① 戏：游戏、杂戏。

秋晓闻鹤唳一声

北宋·苏舜钦

落月衔栖露乍零，竹间孤唳入青冥^①。
未知蟋蟀缘何事，床下微吟不暂停。

【题 解】

苏舜钦擅长描绘清冷之景，能从清丽的诗境中提炼出深刻的理趣，更能在冷峻中陈述自己不平的壮志决心。该诗对黎明小景的刻画所蕴含的意味颇耐人寻味，显示出自然、随意的情绪特点。鹤在中国古代被视为祥瑞的象征，也代表着高洁独立的人格，作者以斑斑青竹来映衬鹤鸣，更显得高洁悠远，在它的身上寄寓着作者对道德品质、高尚人格的孜孜追求。蟋蟀是作者的自况，它与仙鹤交相呼应，不甘蜗居于床下，隐含着作者希望自己能够翱翔天宇，与鹤齐鸣的壮志雄心。那不甘寂寞的浅吟低唱，正是作者心迹的表白，未知"缘何事"只是作者的托词而已。作者描绘景物不刻意强求，使得景物自得其道，产生出一种言外曲致的哲理深意。

【注 释】

① 青冥：青天、天空。《九章·悲回风》："据青冥而摅虹兮，遂儵忽而扪天。"

冰

北宋·李觏

水性本来弱，渐寒成此坚。
东风有时到，几日是残年。

【题 解】

李觏，北宋重要的哲学家、教育家。作者以咏冰为题，阐述了物质本质与形态变化之间的辩证关系。李觏的哲学思想偏重于实用主义，因此他的诗作与当时的政治环境有密切的联系。

从本质上看，冰和水属于相同的物质，没有任何的区分。"柔"是水的本质，"坚"则是因为外界条件改变而产生的形态变化。形态的变化并不意味本质发生转变，当春天到来的时候，水就又恢复了"柔弱"的本质。作者准确地把握住了物质形态变化与本质之间的辩证关系，并用来比喻朝政的变化。"水"在这里指代奸佞之臣，他们的本质是"柔弱"的、不堪一击的，他们之所以现在能够成为垄断朝廷的强大势力，是因为外部环境的变化改变了他们的形态，他们在改革力量的攻击下形成了强大的利益集团，一时间难以除去。但是，奸佞之臣的本质是不会改变的，只要耐心等待春风的到来，这些坚冰佞臣就只有重新化为流水了。

暮 春

北宋·余靖

草带全铺翠，花房半坠红。
农家榆荚雨，江国鲤鱼风。
堤柳绵争扑，山樱火共烘。
长安少年客，不信有衰翁！

【题解】

余靖，北宋官员，庆历四谏官之一。这首诗作于诗人初次殿试之后，他到京郊游览风物。诗歌有四分之三的篇幅都在描绘春景的喧闹与繁华，最后一联却突然急转直下，以充满哲理的语言提出了对自己的谆谆告诫。在花丛中不断留恋的"少年客"，断然不会相信自己会有衰老的一天，而实际上时间的流逝却是任何人无法抵挡的。这里作者意在提醒自己不要得意忘形，春花的美好马上就要逝去了，要倍加珍惜时光。此诗既有踌躇满志的昂扬精神，又不失自我反思的清醒意识，用哲理化的情思展现了宋代诗歌长于说理的特征。

马当呼鸥不至偶成呈同行诸官

北宋·余靖

昔年曾泛马当湾，团饭唤鸥篙楫间。
今日江头飞不下，应知人世足机关^①。

【题解】

此诗作于江西庐山，马当（马垱）地处江西彭泽，北临长江，与小孤山遥相对峙，因山形似马，故名。相传唐王勃乘舟遇神风，一夜抵达南昌。此诗短小精悍，娴熟地引用"鸥鸟忘机"的典故来阐发作者对人世险恶的看法。该典故出自《列子·黄帝》。有一个人喜欢鸥鸟，每天坐船到海上跟鸥鸟一起游玩，鸥鸟可以在他手中吃食。一天他父亲对他说："吾闻鸥鸟皆从汝游，汝取来吾玩之。"他就存了捉鸟的心，鸥鸟就不飞下来了，因为他存了"机心"，就是其父要他捉鸟的机心。而"忘机"，则是说把得失荣辱的机智巧诈之心都忘记了。诗人感叹世道人心不古。道家的本意是希望世人忘却计较、巧诈之心，自甘恬淡。作者用此典故来证明世人皆已堕入"机关"——计谋和心机之中，在欲望和欺诈之间难以自拔。

【注释】

① 机关：计谋、心机。

桃李吟

北宋·邵雍

桃李因风花满枝，因风桃李却离披^①。

惨舒^②相继不离手，忧喜两般都在眉。

泰到盛时须人蛊，否当极处却成随。

今人休爱古人好，只为今人生较迟。

【题 解】

邵雍，宋代著名的哲学家，开创"先天学"，是宋明理学的主要代表人物。

该诗是邵雍哲学观的直接体现，邵雍认为世间万物存在着相辅相成的客观联系，桃李因为春风的吹拂而绽放，却也因风的回飚而衰飒，桃李因风而生，因风而衰的经验说明悲喜、否泰并不是完全客观对立的，而是一体两面的。事物之间盛衰之际的转化应该顺其自然，而不应以人心的悲喜来主观地断定优劣区别。

【注 释】

① 离披：分散下垂貌、纷纷下落貌。

② 惨舒：指忧乐、宽严、盛衰等。张衡《西京赋》："夫人在阳时则舒，在阴时则惨，此牵乎天者也。"

安分吟

北宋·邵雍

轻得易失，多谋少成。
德无尽利，善无近名。

【题 解】

　　此诗用四言写成，虽篇幅短小，却一句一理。轻易得到的东西，因为没有耗费得到者的心力，所以人们不会去珍惜它，故而也就很容易失去，诸如飞来横财等。"多谋少成"的意思是凡事多谋，斤斤计较，最后不会获得什么东西，得到的成就也会很少。这句话包含了两层含义：其一是因为人人存了机心，只会相互算计，所以从彼此身上获得的东西就少；其二是遇事考虑过多，束手束脚，往往错过时机，难有成就。"德无尽利"指的是一个人要想获得高尚的道德，就不要去追求名利，因为名利往往与欺诈、机巧联系在一起，你所谋求的利润越大，你所违背和突破的道德底线就越多。"善无近名"说的是，如果一个人要行善做好事，那就不要想到以后所能获得的名声大小，因为行善本身不分大小，但是如果是追求名声的话，那么行善之人就会自动选择那些能够带来好名声的、易于看见的"善事"来做，而这是违背了行善的本意的。

　　邵雍将"得失""名利"都视作"人欲"的外在表现，实际上它们是各种各样欲望的代名词，只有消灭这些欲望，才能在道德修养上得到提升，并真正发现人的本性。

不可知吟

北宋·邵雍

犁牛生骍角^①，老蚌产明珠^②。

人虽欲勿用，山川其舍诸。

事固不可知，物亦难其拘。

一归于臆度，义失乎精粗。

【题解】

邵雍的哲学观从本质上讲属于唯心主义，其中又含有不可知论的成分，他认为除了感觉或现象之外，世界本身是无法认识的。"犁牛生骍角，老蚌产明珠"的现象在当时的社会难以获得准确的解答，这就促使一些哲学家提出猜想，认为在事物的背后存在一个不可知的绝对存在，这就是尾联中提出的"义"，即代表了世界的本源。邵雍的不可知论实际上是他"以物观物"理念的产物，大自然不可能为人所理解，对于物理的考察只能从物理自身的角度出发，这就否定了人的主观参与，即否定了主观能动性的作用。"以我观物"的结果是"情"，邵雍认为从人本身的角度出发去考察世间万物，所得出的结论是人主观情绪在客观事物上的投射，是掺杂了主观因素的认识，并非事物本身最纯粹的概念或本质。"事固不可知，物亦难其拘"说的就是这个道理，最终导致的结果是归于主观的"臆度"。

【注 释】

① 犁牛生骍角：指杂色牛生纯赤色、角周正的小牛。比喻劣父生贤明的儿女。

② 老蚌产明珠：典出《三国志·魏志·荀彧传》，比喻年老有贤子，后指老年得子。

咏　柳

北宋·曾巩

乱条犹未变初黄，倚得东风势便狂。
解把飞花蒙日月，不知天地有清霜。

【题 解】

　　曾巩，北宋政治家、散文家，"唐宋八大家"之一。
　　这是一首咏物小诗，用柳树来比喻小人，讽刺他们得势便猖狂，但是在自然之力面前，任何人都无法对抗客观规律。而人事亦是如此，小人虽能得志一时，但终将会被正义和公理送上审判台。这首诗主要是讽刺那些正在权力舞台上手舞足蹈的小人。

半山亭

北宋·曾巩

树杪①苍崖路屈盘②，半崖亭榭午犹寒。
平时举眼看山处，到此凭栏直下看。

【题 解】

　　这首诗歌视角奇特，描写的是诗人登山途中的见闻，以及诗人在登山过程中所体悟到的人生哲理。首联描写山路的艰难，寄寓了仕途艰险的深意。"半崖亭榭午犹寒"一句想象奇特，作者爬到一半的时候出现了供行人休息的歇亭，可是由于海拔太高，哪怕是正午时分也觉得寒冷。诗人以夸张的语言衬托山势的高峻。诗歌的尾联是全诗的题眼，也是哲理精粹的体现。诗人往常需要仰望的山峰，到此时只需要凭栏俯瞰。作者在爬山的过程中，不知不觉地达到了自己往常难以企及的高度。其内在含义是：只要在人生道路上不断地努力攀登，不问收获，辛勤耕耘，总有一天能够收获丰厚的回报。

【注 释】

①杪：指树枝的细梢。
②屈盘：崎岖盘桓。

夜 学

北宋·文同

已叨名第^①虽堪放，未到根源岂敢休。
文字一床灯一盏，只应前世是深仇。

【题 解】

文同，北宋著名画家、诗人。

首联意谓我虽然愧受名第，本可以轻松休息了，但在没有探寻到学问的根源之前，怎么能就此罢休了呢？这一句塑造出了一位正直学者的形象，他淡泊宁静的超脱与顽强执著的追求，又深蕴哲理，阐明了努力修行永不放弃的道理。炫耀的名第与扎实的根本，实际上就是名与实的问题。苏轼云："世间唯名实不可欺。"（《答毛滂书》）文同就是这样一位不欺人也不自欺的老实人。"文字一床灯一盏，只应前世是深仇。"这两句写得既可爱又调皮，但细细咀嚼却能体会到作者的坚忍不拔和刻苦努力。从宋人治学的特点上看，文同之所以这样孜孜不倦地追求学问，实际上是想通过求学的道路达到"问道"的目的。在宋人看来，追求真正的"道"需要从书本中细细体味，《宋史》称赞文同"以学名世，操韵高洁"，这意味着文同真正实现了自己的理想，通过读书修行，使自己的道德修养达到了很高的水平，这是后世对于他勤学的客观评价，也是他辛勤努力的回报。

【注释】

① 名第：高第或科举考试中式的名次，后引申为功名富贵。

【名句】

已叨名第虽堪放，未到根源岂敢休。

勿去草

北宋·杨杰

勿去草，草无恶，若比世俗俗浮薄。
君不见长安公卿家，公卿盛时客如麻。
公卿去后门无车，唯有芳草年年加。
又不见千里万里江湖滨，触目凄凄无故人，唯有芳草随车轮。
一日还旧居，门前草先除。
草于主人实无负，主人于草宜何如？

勿去草，草无恶，若比世俗俗浮薄。

【题解】

杨杰，嘉祐四年进士，与欧阳修、王安石、苏轼等人皆有交往。

这是一篇托物咏怀，寄托深意的佳作，作者通过对比草芥与权臣之间的差异，讽刺世俗浅薄、人心不古，富含人生哲理。因为在世人心目中，小草常常被视为至轻至贱的事物，而此诗却别出新意，反复赞扬小草的德行，强调"草芥"的忠贞与正直。与之形成鲜明的是，那些赫赫高门、狐朋狗友只懂得趋炎附势，全无道德操守。在作者的眼中，一个人的道德品质与官位高低、学问大小并无关系。

登飞来峰

北宋·王安石

飞来峰①上千寻②塔，闻说鸡鸣见日升。
不畏浮云遮望眼，只缘身在最高层。

【题解】

这首诗主要描写了诗人登上飞来峰顶，居高临下时的感悟，阐发了作者克服艰险后所获得的人生哲思。

我们在日常生活中常常为琐事所羁绊，在处理具体事务的过程中也会出现偏差，而出现上述问题的根由就在于目光短浅、学识浅薄。假如能够努力学习、刻苦钻研，就能够提高自己的眼界水平，处理起具体事务时也能够得心应手，游刃有余。王安石的自信就来自于他渊博的学识

和高明的见识，这就要求我们辛勤学习，努力攀登，等到登上知识的高峰时，也就不会畏惧"浮云"的干扰，可以一望千里了。

【注释】

① 飞来峰：浙江绍兴城外的宝林山。唐宋时其上有应天塔，俗称塔山。传说此山自琅琊郡东武县飞来，故名。

② 寻：古代长度计量单位，以八尺为一寻。

【名句】

不畏浮云遮望眼，只缘身在最高层。

元　日

北宋·王安石

爆竹声中一岁除，春风送暖入屠苏①。
千门万户曈曈②日，总把新桃换旧符③。

【题解】

　　这首诗因其浅近诗语背后所揭示的新旧更替的哲理而广为流传。所谓"元日"即是除夕，中国古代形成了新年除旧布新，放爆竹，喝屠苏酒，更换桃符（即春联）的习俗。首联从描写春节热闹繁华的景象入手，"爆竹声中一岁除"，由热闹的爆竹声引出春节时家家户户欢腾喜庆的场面。

"春风送暖"则是作者期待着万物复苏时光的到来，屠苏酒是一种用屠苏草泡成的酒，大年初一时阖家老小饮用此酒以祛除瘟疫，这种风俗在宋代非常流行，作者用它来指代阖家团圆的美好场面。"千门万户曈曈日，总把新桃换旧符"是全诗的名句，多用此诗的除旧布新的含义来赞美和歌颂新生事物。事物的发展是不停的，新的事物总是代替旧的事物。这就是本诗所蕴含的深刻哲理。

【注释】

① 屠苏：用屠苏草泡制的药酒，一说储存这种酒的房间名为屠苏，故而称之。
② 曈曈：日出时逐渐明朗的样子，明亮貌。
③ 总把新桃换旧符：桃符，古代春节时挂在大门两旁的桃木板，上面画有门神，古人认为可以用来辟邪，后发展成为春联。

【名句】

千门万户曈曈日，总把新桃换旧符。

题张司业诗

北宋·王安石

苏州司业①诗名老，乐府皆言妙入神。
看似寻常最奇崛，成如容易却艰辛。

【题 解】

这是一首高度评价张籍诗歌成就的绝句。张籍诗歌具有平淡处见功底的长处，这种风格特征备受宋人的推崇。

"看似寻常最奇崛"，是说张籍的乐府表面上看起来平淡浅易，实际上则是意蕴深厚，这样的作品不是简简单单写成的，而是作者反复推敲的产物。本诗的尾联不仅适用于评价诗歌，更适用于其他事物，正因为如此，它才是超越时空得以传承的人类普遍真理。对于寻常事物，不要只看到它朴素的外表，更要看到它内部所蕴含的哲理，这就要求我们具备平中见奇、常中见异的本领。我们看待事物不能被事物的表象所蒙蔽，要深入挖掘它的内部，但这一过程却是艰辛和困难的。

【注 释】

① 苏州司业：指张籍，他原籍苏州，做过国子司业。

【名 句】

看似寻常最奇崛，成如容易却艰辛。

题西林壁

北宋·苏轼

横看成岭侧成峰，远近高低各不同。
不识庐山真面目，只缘身在此山中。

【题解】

　　诗歌的首二句描绘了庐山山势的变化，作者从纵横两个角度去描写庐山形态的多变。横看绵延逶迤，崇山峻岭中有郁郁佳木，山势连绵不绝；侧看则峰峦起伏，奇峰突起，耸入云端。从远处和近处不同的方位看庐山，所看到的山色和气势全不相同。它用来说明，观察问题应该客观全面，如果主观片面就无法得出正确的认识。"不识庐山真面目"是因为作者身处深山，自己被庐山的峰峦限制了观察的视角。他所能看到的只是庐山的一部分而已，这种观察角度下得出的结论是不全面的。作者指出了所处地位不同或看问题出发点不同，也会对观察事物、了解事物产生影响。要正确认识事物的真相或了解事物的本质，应该超越狭小的范围，从多个角度去观察。

【名句】

　　不识庐山真面目，只缘身在此山中。

琴　诗

北宋·苏轼

若①言琴上有琴声，放在匣②中何不鸣。
若言声在指头上，何不于君指上听。

【题解】

　　这首琴诗简单明了，言简意赅，反映了宋代哲理诗的主要特点。苏轼表面上是在回答琴声自何处而来这一问题，实际上是在阐发艺术美产生过程中的主客体关系。琴为客体，它是演奏者思想、技艺外化的工具，但它本身并不产生美妙的旋律，需要人的弹奏。演奏者作为表演的主体也需要借助于琴这样的工具，才能表达内心的想法。任何事物都是由不同因素构成的，各种元素相辅相成，事物才能得以存在。苏轼是一位佛教徒，他的诗歌蕴含着深厚的佛理。《楞严经》有云："譬如琴瑟、箜篌、琵琶，虽有妙音，若无妙指，终不能发。"佛家之意在于，一切事物皆是因缘际会的产物，事物之间的联系是其存在的根本。苏轼之诗就是对此道理的诗意阐发。

【注 释】

①若：如果，假若。

②匣：琴匣，琴盒。

和子由①渑池②怀旧

北宋·苏轼

人生到处知何似，应似飞鸿踏雪泥③。

泥上偶然留指爪，鸿飞那复计东西。

老僧已死成新塔④，坏壁无由见旧题⑤。

往日崎岖还知否，路长人困蹇⑥驴嘶。

【题 解】

这首七律是苏轼的代表作，题目中所提及的子由是苏轼的弟弟苏辙。

他们往年考取举人时曾经过渑池县崤山的一所寺院。苏辙《栾城集》卷一《怀渑池》自注曰："昔与子瞻应举，过宿县中寺舍，题其老僧奉闲之壁。"苏轼此诗作于嘉祐六年，当时作者赴任陕西途径渑池，其弟苏辙送至郑州而返，苏轼怀念兄弟之情而作此诗。诗歌的主题是怀旧，并道出了人生来去无定的怅惘之情。他用"雪泥鸿爪"的比喻表现了人生的偶然性和不确定性，鸿飞留印，雪消印无。正是由于人生的这种随机难久，使得兄弟之间的亲情愈发显得珍贵。

【注 释】

① 子由：苏轼的弟弟苏辙，宋代知名文人，与其父其兄合称"三苏"，有《栾城集》传世。

② 渑池：今河南省渑池县。

③ 飞鸿踏雪泥：茫茫雪原，一只大雁疾速掠过，偶尔留下一点儿痕迹。然而雪花纷纷飘落，不一会儿那雪地上的痕迹也悄然泯灭，大雁也不见踪影。

④ 新塔：僧人死后成为圆寂，需经过火化，有道高僧往往会留下舍利子和骨灰，后人为其建塔安放。这里的新塔指的是苏辙诗中提到的老僧，此时他已经去世。

⑤ 旧题：苏轼、苏辙兄弟曾在寺中壁上题诗。苏辙诗曰："曾为县吏民知否？旧宿僧房壁共题。"苏辙曾经被任命为渑池主簿，但因考中进士，未曾赴任。

⑥ 蹇：跛脚。

【名 句】

人生到处知何似，应似飞鸿踏雪泥。

题惠崇春江晚景

北宋·苏轼

竹外桃花三两枝，春江水暖鸭先知。
蒌蒿满地芦芽短，正是河豚欲上时。

【题解】

　　这是一首题画诗，作者从画面上感受到了浓浓的春意，将一首简单的题画诗变成了真切的写景诗。苏轼观察细致入微，并从画中景物捕捉到了季节变化的征兆，通过合理的想象，提炼出景色背后的深刻哲理。"春江水暖鸭先知"体现了唯物主义哲学实践论的观点，即提出了认识与实践之间的辩证关系，强调了实践在认识过程中的地位和作用。实践是认识的来源和认识发展的动力，春江水暖不是主观臆造的印象，而是鸭子通过自己的亲身实践得出的结论。"先知"正说明鸭子勇于实践，才能得出正确结论。

【名句】

　　竹外桃花三两枝，春江水暖鸭先知。

大雨后咏南轩竹二绝句 二首选一

北宋·苏辙

其　一

苦寒坏我千竿绿，好雨还催众笋长。
痛饮虽无嵇阮客①，瓢尊一试午阴凉。

【题 解】

苏辙，字子由，北宋文学家、诗人，苏洵次子，苏轼之弟。他是"唐宋八大家"之一，与父亲苏洵、兄长苏轼齐名，合称"三苏"。

这首诗描写的是大雨过后竹节挺拔的样貌，作者从竹子坚忍不拔的生存状态中体悟到宇宙生生不息的真谛，以及新旧交替更生的普遍哲理。首联即以对比式的描写展开论述，"苦寒坏我千竿绿"反映了作者的痛惜之情，天气寒冷，大量的竹林被寒雨冻坏。竹子因为岁寒不凋的特点，而被文人视为独立坚韧的代表。可是，作者面对的却是一片在凄风苦雨中凋谢的竹林，象征着神宗变法过程中被排斥出朝廷的守旧派文人。

苏辙面对这样的情形并不气馁，因为他知道事物都是在不断发展变化的，新老交替也是自然的普遍规律。旧的竹子死亡了，新的竹笋正在地下萌发，这场雨带来了新的希望。"痛饮虽无嵇阮客"是借用"竹林七贤"的典故，阮籍、嵇康等代表着反抗精神的文人与作者产生了精神上的共鸣，这些前贤就如同过去凋谢的竹林，但他们的精神永远不会消亡，因为还有"我"这样的后来者，继承他们的意志，坚守儒家士大夫的道德情怀。

【注 释】

①嵇阮客：指"竹林七贤"中的阮籍、嵇康。嵇康、阮籍、山涛、向

秀、刘伶、王戎及阮咸七人，常在当时的山阳县竹林之下喝酒、纵歌、肆意酣畅，世谓"竹林七贤"。他们通过这种方式来反抗司马氏的专权独断。

东轩长老二绝 二首选一

北宋·苏辙

其　二

担头挑得黄州笼^①，行过圆通一笑开。
却到山前人已寂，亦无一物可担回。

【题解】

这是一首饱含禅理的诗歌。苏轼记述了创作此诗的缘由："子由在筠作《东轩记》，或戏之为东轩长老。其婿曹焕往筠，余作一绝句送曹以戏子由。曹过庐山，以示圆通慎长老。慎欣然亦作一绝，送客出门，归入室，跌坐化去。子由闻之，乃作二绝，一以答余，一以答慎。明年余过圆通，始得其详。"

作者女婿曹焕带着苏轼的书信去探望家翁，路过庐山圆通慎禅师处，就把两人唱和的书信出示给他看，圆通长老口占一偈："东轩长老未相逢，却见黄州一信通。何用扬眉资目击，须知千里事同风。"表达了对苏辙人生境界的敬仰之情。更为奇特的是，圆通长老送客出门后，就归室圆寂了。这意味着，圆通长老以苏轼兄弟的书信为开悟法门，最终修行完满，超脱而去了。

这首诗就是作者作给已经圆寂的圆通长老的。"却到山前人已寂，亦无一物可担回"是本诗禅理的精粹。禅宗修行的方法是"以心传心"

和"明心见性"，一切佛法皆在自身之中，不需向外求，佛性就在人的心中。讲究"顿悟"，禅宗认为"缘起性空"，一切皆从虚空中生，一切还向虚空中消散，一旦达到万法皆空的修行境界，就可以立地成佛。诗歌中的"亦无一物"正是这种修行境界的形象化阐释。

【注释】

① 黄州笼：指苏轼，当时他被贬黄州，任团练副使。

读史 六首选一

北宋·苏辙

其 六

江河浪如屋，要须沧海容。
可怜狄仁杰，犹复负娄公①。

【题解】

这是作者在阅读唐史时发出的感慨，阐发了君子要有容人之量的道理。首联说"江河浪如屋"，大江大河的水量充沛，其波浪翻滚之时就如同平地起屋，这样的河流也只有江海才能容纳。在作者看来，君子的道德就应该如同这汪洋大海一般，使人望而生叹，而大海之所以能够如此广大是因为它不择细流，善于吸纳。做人也应如此，要懂得谦虚谨慎，虚怀若谷。尾联用娄师德与狄仁杰的典故继续说明君子要有容人之量。

【注 释】

① 娄公：指娄师德，唐代宰相，以宽厚容忍著称，留有"唾面自干"的佳话。

白 鹇

北宋·苏辙

白鹇①形似鸽，摇曳尾能长。
寂寞怀溪水，低回爱稻粱。
田家比鸡鹜②，野食荐杯觞。
肯信朱门里，徘徊占玉塘。

【题 解】

这是一首咏物诗，作者托物言志，借白鹇的高洁来比喻个人的品德。诗中的"白鹇"独立不群，代表了一种不阿谀不谄媚的人生态度。诗人说它形似鸽子，拖曳着美丽的长尾在水边寂寞地行走，它是那样地孤傲。白鹇在文人雅客眼中是豢养的珍禽，但是在田家野老看来，它与一般的家禽没有区别，都是用来果腹的珍馐美味（另一说，认为普通人没有鉴赏白鹇的能力，意即不能区分贤者和小人）。作者不禁发出感叹，这种有益于生民的佳禽比那些被豢养在朱门甲第中的观赏鸟要更有价值。这首诗背后所蕴含的哲思是，知识分子面临相同的困境，面对险恶的环境或是利禄的诱惑，懦者屈服，强者不屈。作为一名有气节的知识分子，应该保持自己独立的个性。

① 白鹇：又名白雉，属于大型鸡类。翎毛华丽、体色洁白，因为啼声喑哑，所以称为"哑瑞"。

② 鸡鹜：鸡和鸭，比喻小人或平庸的人。

六月十七日昼寝

北宋·黄庭坚

红尘席帽乌靴里，想见沧洲白鸟^①双。
马龁^②枯萁喧午枕，梦成风雨浪翻江。

【题 解】

黄庭坚，字鲁直，号山谷道人，北宋诗人、书法家，江西诗派的代表人物，与杜甫、陈师道、陈与义被合称为"一祖三宗"。诗歌方面，他与苏轼并称为"苏黄"；书法方面，他则与苏轼、米芾、蔡襄并称为"宋代四大家"。

诗歌首联"红尘""乌靴"的意象都是为了表明作者自己在尘世中奔忙的困苦，中国古代士大夫往往存在着出世与入世的矛盾，他们既想建功立业又怀有归隐江湖，重归自由的想法。

南宋任渊注此诗云"闻马龁草声，遂成此梦也"。黄庭坚在梦中听到马咀嚼草料的声音，由听觉产生通感，幻化为漫天风雨，巨浪翻腾。作为一名虔诚的佛教徒，黄山谷此诗明显受到了《楞严经》的影响。《楞严经》作为禅宗修行的重要佛经，主要阐述的是心与物之间的关系，以及心性本体的问题。黄山谷的梦实际上是由外在事物引起的"心动"之间，禅宗讲求"一念不起"，隔绝自身与外界的联系，从而反观内心，澄观静求。但是外界的影响会导致禅定的破坏，使得本来"我性未曾有"变成"着相"，这就容易导致内心的激动和不安。

【注 释】

① 沧洲白鸟："白鸟"典出《庄子·黄帝》"鸥鸟忘机"。"沧洲"典出《文选》李善注，杨雄《橄灵赋》："世有黄公者，起於苍州，精神养性与道浮游。"

② 龁：咀嚼。

寄黄几复

北宋·黄庭坚

我居北海君南海，寄雁传书谢不能。
桃李春风一杯酒，江湖夜雨十年灯。
持家但有四立壁，治病不蕲[①]三折肱。
想得读书头已白，隔溪猿哭瘴溪藤。

【题 解】

此诗是黄庭坚为怀念挚友黄几复所作，首联表达了自己对友人的怀念之情。"我居北海君南海"，化用《左传》典故。"不能"夸张地表达了自己与友人相见的困难。颔联回忆了两人十年之中的交往，"桃李春风"中饮酒高谈阔论，这种情形是何等愉快。而此时诗人却只能独自面对"江湖夜雨"，倍显孤寂。此句也充满了哲理意味，以往日的盛景来衬托今日的苦闷，两相对比中使人产生时光易逝、佳期难再的感叹。"持家但有四立壁"两句，"四立壁"形容家贫，出自《史记》。"三折肱"典出《左传》，所谓"三折肱知为良医"，意思是一个人断过三次胳膊之后，他自己也就成为名医，因为丰富的治疗经验使他可以了解如何治疗断臂。这就是俗话所说的"久病成医"。此联实际上也是在称赞黄几复为官清廉，为政清明，但其更深层的哲学意义则是，不折肱亦可以成为良医，这是辩证法的思维方式。此诗用典考究，辨理明晰，是黄庭坚诗作中广为流传的名篇。

【注释】

①蕲：通"祈"，祈求。

【名句】

桃李春风一杯酒，江湖夜雨十年灯。

戏呈孔毅父

北宋·黄庭坚

管城子①无食肉相②，孔方兄③有绝交书④。
　　文章功用不经世，何异丝窠缀露珠。
　　校书著作频诏除，犹能上车问何如。
　　忽忆僧床同野饭，梦随秋雁到东湖。

【题解】

　　黄庭坚仕途蹭蹬，常常有辞官归隐的念头，这首诗是他对老友发泄苦闷的作品，表现了他对自己沉沦下僚、无所事事的生活的不满和解嘲。

　　"文章功用不经世，何异丝窠缀露珠"是本诗的名句，也是本诗哲理的体现，他强调了文学的功用在于经世致用，即治国安邦之道。他认为文学创作应该有益于国家和社会，文章应该反映现实生活和民生疾苦。宋人强调文学的"载道"功能，诗文革新运动最重要的功绩就是阐明了二者之间的关系，文以明道、文以载道的观念是宋人最为看重的。这里的道既可以指天道真理，也可以归结到具体的国家治理方略上来。这首诗告诉我们，知识、文章要经世致用。我们往往认为文学有其独立性，其特征即是审美。但实际上真正优秀的文学是和普通生活紧密联系的，二者密不可分，好的文学作品可以反映时事，有助于世道人心的向善。这首诗虽然是作者的戏谑之作，但是在抒发愤懑之余，也包含着耐人寻味的深刻哲理。

【注 释】

① 管城子：指毛笔。韩愈的《毛颖传》将毛笔拟人化，为之立传，还说它受封为管城子，诗语来源于此。
② 食肉相：典出《后汉书·班超传》，据载，相士曾说班超"燕颔虎颈，飞而食肉，此万里侯相也"。
③ 孔方兄：指钱。古代的铜钱中有方孔，故有此称。
④ 绝交书：指嵇康《与山巨源绝交书》。

【名 句】

　　文章功用不经世，何异丝窠缀露珠。

秋日偶成

北宋·程颢

闲来无事不从容，睡觉东窗日已红。
万物静观皆自得，四时佳兴与人同。
道通天地有形外，思入风云变态中。
富贵不淫贫贱乐，男儿到此是豪雄。

【题解】

程颢，北宋哲学家、教育家、诗人，宋代理学的奠基者。

这首诗是作者反对王安石变法后，被贬谪回到洛阳后所作的。作为一名道德修养已经达到炉火纯青境界的理学家，作者所思考的并不是个人的得失与荣辱。他的安闲来自于内心的强大以及对天道至理的准确把握。换言之，即安闲是果，得道是因。

首联写得舒缓随意，赋闲居家没有一件事不是从容的，就连睡觉也是一种享受。这种境界既是贬官后顿觉轻松的真实写照，又表明了作者仕途受挫却并不影响内心深处的平静。颔联是全诗的名句，转入对理趣的揭示。作者之所以能够宠辱不惊，乃是因为他胸中包罗万物。作者以虚静空明之心观照大千世界，才能发现天地自然包括人自身在内一切事物的根本及其运动变化的规律，也即"道"和"仁"。

"道通天地有形外"指的是"道"充斥在天地万物之中，却又超越具体事物而存在。大道是无影无踪却又有迹可循的。人与自然的相互融合是体道的方式，而自我心游万仞的意气风发是因为理解了"道"的真谛，所以显得圆融自在。诗人静观万物、妙悟自然之心也像道一样拥有对于物质世界的超越性。

【名句】

万物静观皆自得，四时佳兴与人同。

偶　成

北宋·饶节

松下柴门闭绿苔，只有蝴蝶双飞来。
蜜蜂两股^①大如茧，应是前山花已开。

【题解】

　　饶节，宋代诗僧，江西诗派重要诗人。这首诗写得很有禅趣，诗人对于自然景物有自己独特的观照方式，他善于在自然景物中表达自己对佛理的体悟。

　　诗歌的前两句表现山居环境的清幽，但是这种清静里还有一份超越世俗的"热闹"，松下柴门紧闭，象征着与人世的隔绝，这里是僧人修行的道场，是他心灵的外化。这里虽然远离世俗，却并非死寂，翩翩飞舞的蝴蝶象征着自然界的勃勃生机，也暗含着作者修行状态的圆满。作者观察细致，足不出户就能感知到山前花开，并不是因为他具有什么"神通"，而是发现了蜜蜂腿上裹挟的厚厚的花粉。通过蜜蜂，就展示出了一幅前山繁花遍野、姹紫嫣红的美丽图画。此诗与"春江水暖鸭先知"的体悟方式如出一辙。

【注释】

　　① 股：大腿。

还 里

北宋·陈师道

旷士①爱吾庐，游子悲故乡。
慷慨四方志，老衰但悲伤。
虚名自成误，失得略相当。
暮年还家乐，未觉道路长。
闾里②喜我来，车马塞康庄。
争前借言色，草木亦晶光。
向来千人聚，一老独倘佯。
手开南阳阡③，松柏郁苍苍。
永愿守一丘，脱身万里航④。
平生功名念，倒海浣我肠。
款段引下泽，断弦更空筐。
尚恐北山南，有文移路傍⑤。

【题 解】

这首诗是陈师道被罢职还家途中所作。"旷士爱吾庐"化用陶渊明诗句，意在表明自己实际上是因为不愿为五斗米折腰，主动放弃官职的。"永愿守一丘，脱身万里航"是本诗最具哲理的诗句，他既表明了作者的心迹，又体现了作者对人生的深刻认识。外部世界的风雨侵袭使得作者身心俱疲，欲望"虚名"使得自己生出了贪欲，名利挂碍蒙蔽了自己的双眼，与政敌之间的斗争纠缠不休，导致作者随时都会深陷牢狱。而今回到家乡，他才真正体会到了人生最宝贵的东西。"脱身万里航"借用佛教说法，意在摆脱往日的奔波动荡，同时也象征着作者从今以后脱离尘网羁绊，逃离了欲望的苦海。

【注 释】

① 旷士：胸襟开阔之士。鲍照《代放歌行》："小人自龌龊，安知旷
　士怀。"

② 闾里：里巷，平民聚居之处，代指家乡。

③ 阡：田间的小路，阡陌。

④ 航：船，行船。

⑤ 此句化用典故，《北山移文》为南齐孔稚珪所作，是一篇讽刺隐士
　的文章，旨在揭露和讽刺那些伪装隐居以求利禄的文人。

【名 句】

永愿守一丘，脱身万里航。

湖陵与刘生别

北宋·陈师道

触寒历险来特特①，愧无以当欣有得。
向来忧患不相舍，知子用心坚铁石。
人畏有心事无难，此语虽鄙理则然。
君今意在翰墨间，他日人争让一先。

【题 解】

　　这是诗人在湖陵写给一位刘姓学子的赠别诗，具有深刻的哲理性。
诗人嘱咐刘生不要惧怕天地间的艰难困苦，做事只求无愧于心即可，在

学业功名上努力奋进，而不要在别的方面争强好胜，要坚定自己的内心，矢志不移，只要能够用心做事、坚持到底，那么就不存在什么困难的事情。"人畏有心事无难，此语虽鄙理则然"是本诗的名句，意思是说，任何事都怕有心人，有心办事则无事不成。这虽然是很鄙俗的话，但是道理却是不错的。"世上无难事，只怕有心人"，这是人人都知道的道理。"难事"和"有心"是矛盾的一体两面，难事是客观存在，是矛盾的次要方面，有心则代表着主观努力，是矛盾的主要方面。只要开动脑筋，去主动探索，不断锐意进取，再难的事情也能成功。

【注 释】

① 特特：特地，特意。

【名 句】

人畏有心事无难，此语虽鄙理则然。

何郎中出示黄公草书 四首选一

北宋·陈师道

其 一

龙蛇起伏笔无前，江汉渊回语更妍。
好事元须 ① 一赏足，藏家不必万人传。

【题 解】

这是陈师道玩赏黄庭坚书法作品后的题诗。"龙蛇起伏笔无前"描绘的是黄庭坚笔法中大开大合，如同长枪大戟式的写法，"江汉渊回语更妍"则代表着其书法中玩转曲折，绵绵含劲的特点。

"好事元须一赏足，藏家不必万人传"是本诗的题眼。这既是告诫朋友要珍藏这些珍贵的书法作品，不要轻易示人，同时也提出了一个颇含深意的问题。我们对于事物本质的认识就如同这些宝贵的书法作品一样，我们在欣赏它的同时也获得了美感的提升，从天道体悟的方面说，就代表着悟道的过程，这个体悟的过程是转瞬即逝的，只与欣赏主体发生作用，与"万人"无关。这首诗告诉我们，在追求真理的道路上要坚持从自身实践出发，而不要盲从别人的看法。

【注 释】

①元须：本来、原本。

襄邑道中

南宋·陈与义

飞花两岸照船红，百里榆堤半日风。
卧看满天云不动，不知云与我俱东。

【题 解】

陈与义，北宋末、南宋初年的杰出诗人，是江西诗派的重要代表人物。

这首诗描写的是乘船东行，河两岸落花缤纷、随风飞舞的景物，以及卧看白云的闲适自然，无意中点明了静止与运动之间的辩证关系。

古人行船，最怕逆风。作者既遇顺风，便安心地"卧"在船上欣赏一路风光：两岸的景色是在随着行船不断向后推移的。可是这天上的"云"却并未随之而动，这令作者感到困惑。随即作者便恍然大悟：正是因为顺风而行的缘故，天上的云正和自己一样朝相同的方向前进。由于二者的速度相同，所以位置相对不变。此诗所体现的哲理是：人不能孤立、静止地观察事物，要正确地认识事物及其本质，必须辩证、广泛地联系分析。同时，变与不变是相对的，运动变化是永恒的，静止只是存在于相对状态中，并不存在绝对静止的事物。

和张规臣水墨梅五绝 五首选一

南宋·陈与义

其 四

含章①檐下春风面，造化功成秋兔毫②。
意足不求颜色似，前身相马九方皋。

【题解】

这是一首题画诗，也是和作。作者描绘的是一幅水墨梅花。此画虽不加颜色，纯以黑白二色点染，却将雪中盛开的梅花图写得逼真肖似，更巧妙传神地反映了梅花所蕴含的傲视霜雪的精神。作者有感于画工高妙的技法，创作了这首哲理诗。首联"含章"用典，这里用来形容所画梅花的美丽鲜艳。"前身相马九方皋"也是用典，诗人用九方皋的故事说明，画师的目的不是要求颜色相似，而是力求画出梅花内在的精神。

这首诗告诉我们，观察事物不能只看其表面现象，而应抓住事物的本质特征。

【注释】

① 含章：指南朝刘宋时期的含章殿，殿下种有梅花。
② 秋兔毫：指好的毛笔。因用秋季兔的毫毛所制，故称。

秋 夜

南宋·陈与义

山客龙钟^①不解耕，开轩危坐看阴晴。
前江后岭通云气，万壑千林送雨声。
海压竹枝低复举，风吹山角晦复明。
不嫌屋漏无干处，正要群龙洗甲兵^②。

【题解】

这首诗作于宋高宗建炎四年，作者此时已然衰老，避祸江南。陈与义是一名遭逢易代的诗人，北宋灭亡的惨痛、失去家园故土的痛苦时时刻刻折磨着诗人，他心中想要恢复故国山河，但是此时却已经是老态龙钟。作者对于风雨的独特感悟是与他独特的人生遭遇联系在一起的，有感于山河破碎，生民涂炭，写下了这首诗歌。

"海压竹枝低复举，风吹山角晦复明"显示了他通情达理，豁落达观的心态，同时写实之中包含着辩证法的哲理。"一阴一阳谓之道"，这是中国古人形成的朴素的辩证法。风雨与晴天正是阴阳两极，久晴必

雨，久雨必晴，这种道理也可以用在国家的形势上，虽然现在宋朝被一分为二，但是天下大势，分久必合，总有一天祖国会再次统一。这首诗告诉我们，万事万物都不是静止的，物极必反，数穷则变是自然规律。

【注 释】

① 龙钟：老态龙钟，身体衰老、行动不灵便的样子。
② 甲兵：盔甲和兵器。

学诗 三首选二

南宋·吴可

其 一

学诗浑似^①学参禅，竹榻蒲团不计年。
直待自家都了得，等闲^②拈出便超然。

【题 解】

　　吴可是北宋末、南宋初的诗论家，论诗喜用参禅之说。这一首以北宗禅"渐悟"与南宗禅"顿悟"的比较为喻，说明写诗需要一个长期积累的过程。
　　诗中所云"竹榻蒲团不计年"就是说学习诗歌创作要像北宗禅那样，多读书，勤写作。吴可并不将渐悟和顿悟二者对立起来看，他借助"顿悟"说明学写诗也应讲究悟性，这个悟性并不是凭空而来，是从长时间的锻炼中积累起来的。心中一旦"悟道"就能够创作出"超然"的诗歌，而且毫不费力，写起来如同"等闲"。这首诗阐明了诗人如何积累素材，经过反复推敲，最终达到熟能生巧的创作境界。

【注释】

① 浑似：完全像。

② 等闲：指轻易、随便。

其　二

学诗浑似学参禅，头上安头^①不足传。
跳出少陵^②窠臼外，丈夫志气本冲天。

【题解】

这首诗依旧以参禅为话头，强调写诗要有个人的参悟，不能一味模仿，自成一家才能算做真正的"志气"。"头上安头"是典故，比喻多余和重复，吴可用此典说明作诗贵在新奇，要独出胸臆，千万不能拾人牙慧。

【注释】

① 头上安头：出自《宛陵录》："语默动静，一切声色尽是佛事，何处觅佛？不可更头上安头，嘴上加嘴。但莫生异也。"比喻多余和重复。

② 少陵：指杜甫，杜甫常以"杜陵"表示其祖籍郡望，自号少陵野老，世称"杜少陵"。

学诗 三首选二

南宋·龚相

其 一

学诗浑似学参禅，悟了方知岁是年。
点铁成金^①犹是妄^②，高山流水自依然。

【题解】

　　龚相与吴可生活年代接近，这组诗是他仿效吴可的《学诗》三首而作的，主要也是运用禅宗的佛理来说明作诗不应依傍前人，而应由个人的体悟出发，创作独具新意而又自然雅致的作品。龚相认为，诗歌之道与修禅类似，都是通过"悟"去见识事物的本质，就诗歌而言那就是创作本质。首联所说的"悟了方知岁是年"就是这个含义。龚相反对黄庭坚提出的"点铁成金"的师法，他认为这种搬弄典故，字字有来历有出处的做法实际上是妨害诗人表达自身情志的，真正的诗歌应该是妙悟于心，有所发明，就如同琴曲高山流水一般，使人读后自然而然地产生相应的联想。此诗从总体把握的角度提出了作诗所应遵循的道理，即作诗贵自身、创新、真实。

【注释】

①点铁成金：黄庭坚提出的诗歌创作方法，即在创作时借鉴前人的创作成果，修改文章时稍稍改动原来的文字，使得文章产生新意。《答洪驹父书》："古之能为文章者，真能陶冶万物，虽取古人之陈言入于翰墨，如灵丹一粒，点铁成金也。"
②妄：虚妄、错误。

其　二

学诗浑似学参禅，语可安排意莫传。
会意即超声律界，不须炼石补青天①。

【题 解】

这首诗主要阐述了作诗要重视意境的营造，而不应过分锤炼字句，文字上的结构安排应该以表情达意为最高原则。作诗似参禅。在禅宗看来，文字也是修行时的一重障碍，即所谓的"文字障"。妙悟的关键并不在文字，而在于内心的顿悟。从作诗来说，诗人有所感悟，就不会受到诗律的束缚。诗人遣词造句，应该追求一种自然浑成的境界，这个境界有助于表达诗人本身的妙悟即可，不需要遵守什么谨严的法度。

【注 释】

①炼石补青天：本为神话传说，作者借用此典形容刻意安排文字和辞采，以之代替诗歌精诣的不良倾向。

游山西村

南宋·陆游

莫笑农家腊酒①浑，丰年留客足鸡豚。
山重水复疑无路，柳暗花明又一村。
箫鼓追随春社②近，衣冠简朴古风存。
从今若许闲乘月，拄杖无时夜叩门。

【题解】

    此诗作于乾道三年，就在前一年作者因为极力游说张浚北伐，被秦桧等人以"结交台谏、鼓唱是非"的罪名罢职，回到家乡。从尔虞我诈、激烈斗争的官场回到宁静闲适的田园，诗人放下了以往的包袱，真心地投入到热爱的田园风光中去。首联写农家的热情待客，情谊恳切，"莫笑"二字是诗人对淳朴民风的由衷赞叹。颔联是千古传诵的名句，写乡村环境的曲静优美，乡间小路，蜿蜒曲折，随着山形水势而盘桓，走得久了，作者不禁怀疑自己是否迷路，可是转眼间就又出现了人家，此时的欣喜之情跃然纸上，并带给人一种豁然开朗的感觉。这两句诗本身只是对客观景物的描写，却写出了文外之意，蕴含着深刻的哲理。启发人们面对现实，不畏惧退缩，必然能开创出一个崭新的境界。

【注释】

    ① 腊酒：头年腊月所酿的酒，称为腊酒。
    ② 春社：春社是中国的传统民俗节日，立春以后向社神土地献祭的节日。一般是邻里娱聚的日子，同时有各种娱乐活动，有敲社鼓、食社饭、饮社酒、观社戏等诸多习俗。

【名句】

    山重水复疑无路，柳暗花明又一村。

题庐陵萧彦毓秀才诗卷后 二首选一

南宋·陆游

其　二

法不孤生自古同，痴人乃欲镂虚空。
君诗妙处吾能识，尽在山程水驿中。

【题解】

　　这首诗是作者晚年为庐陵秀才萧彦毓诗作所题写的评语。诗歌继承了宋人好以议论为诗的特点，在评价萧彦毓诗歌的过程中点出了实践出真知的道理。"法不孤生"是禅宗的说法，强调因与果之间的联系，任何事情的发生都是有因有果的，而因果的显现则需要借助于缘。陆游借用了这个概念，将它运用在文学创作上，意思是作者的艺术构思不是凭空而来的，而是与现实生活之间发生了种种联系而产生的。

　　"镂虚空"使用了《庄子·应帝王》里的典故"倏忽凿浑沌"。陆游用此典故来说明破坏事物之间原本存在的联系，生拉硬凑对于文学创作的伤害，反映出现实生活对文学创作的重要性。于是就引出了本诗最为精辟的两句"君诗妙处吾能识，尽在山程水驿中"，意谓萧彦毓诗歌来自于丰富的现实生活经验，他擅长描绘途中见到的山水景物，因为完全是诗人自己亲眼所见，所以显得真实而形象。此诗阐明的道理简单而明快，那就是只有实践才能产生正确的认识，而认识也必须经过实践的检验。

冬夜读书示子聿

南宋·陆游

古人学问无遗力，少壮工夫老始成。
纸上得来终觉浅，绝知此事要躬行 ①。

【题 解】

这首诗是作者庆元五年写给自己的孩子的，体现了作者的教育观。

首句是对古人刻苦做学问精神的赞扬，告诫自己的孩子学业应毫无保留，全力以赴。次句是说做学问的艰难。从少年开始，养成良好学习习惯，经过几十年努力，最后才能有所成就。诗歌的后两句，诗人更进一步指出实践经验的重要性。这两句经常被人们用来说明书本知识、间接经验与亲身实践、直接经验之间的关系。一个既有书本知识，又有实践经验的人，才是真正有学问的人。

【注 释】

① 躬行：亲身实践。

【名 句】

纸上得来终觉浅，绝知此事要躬行。

小　池

南宋·杨万里

泉眼无声惜细流，树阴照水爱晴柔^①。
小荷才露尖尖角，早有蜻蜓立上头。

【题解】

杨万里，南宋著名爱国诗人、文学家，与陆游、尤袤、范成大并称"南宋四大家""中兴四大诗人"。

这是一幅充满生机的夏日池塘的图画，表现了诗人对大自然景物的热爱之情。诗人对小荷的描写细致深刻，表达了对新生事物的热爱，以及对崭露头角的新人的赞美。

诗歌首句以拟人化的手法描写了涓涓细流无声流淌的景象。第二句描写池塘中倒映的树影，反映了树与水之间相映成趣的特点。作者将笔下的景色统统赋予了生命的色彩，特别是尾联对小荷的描写，嫩嫩的荷叶刚刚将尖尖的叶角伸出水面，像一个初生的孩子，顽劣而又努力地生长着。但是早就有调皮的蜻蜓轻盈地站立在上面了，它捷足先登，似乎是在为这新生的力量加油鼓劲。小可以喻大，这首诗所蕴含的哲理是，荷尖初露，风采未显，蜻蜓却一下就发现了它，提示着我们要有发现人才的眼光，在贤才崭露头角时就要予以保护和培养。

【注释】

① 晴柔：晴天里柔和的风光。

【名句】

小荷才露尖尖角，早有蜻蜓立上头。

宿灵鹫禅寺

南宋·杨万里

初疑夜雨忽朝晴，乃是山泉终夜鸣。
流到前溪无半语，在山做得许多声。

【题 解】

这首诗作于淳熙六年，诗人被任命为提举广东常平茶盐，路过灵鹫寺时写下了这篇佳作。诗人夜宿山寺，半夜听到水声，初疑夜雨，等到早晨起来，才知原来是急湍而下的山泉。山泉下泻，形成瀑布，终夜响个不停。诗人顺流而行，见山泉流入山下溪水后，由于水路宽平，竟悄无声息了。

在杨万里看来，一些朝中的重臣，往日里一个个高谈阔论，等到真正需要他们仗义执言时，又一个个哑口无言。就如同这山中的流水，只有在人睡觉的时候才哗哗作响，"在山做得许多声"，正是对这些夸夸其谈者的绝妙讽刺。这首诗还阐明了事物在不同发展阶段具有不同的外在表现的道理。

过松源晨炊漆公店

南宋·杨万里

莫言下岭便无难，赚得^①行人空喜欢。
正入万山圈子里，一山放过一山拦。

【题解】

　　这首诗描写了诗人登山时的独特感受，充满了理趣，它所揭示的道理有两重，一是人生道路时刻充满艰险阻碍，不要因为克服了眼前的一点点阻碍就放松了警惕，因为前方依旧有阻拦道路的大山；第二重含义则是鼓励人们要有克服困难的勇气，虽然眼前出现了各种各样的艰难，但只要能够坚持到底，那就一定能走出层层"大山"的阻碍。身在群山之中，需要不停地登攀，诗人勉励人们在克服困难之后做好新的思想准备，就像登山一样，要有越过重重障碍的顽强毅力。人生之路并不是一帆风顺的，只要有克服艰难险阻的决心，就能够踏踏实实地前进。

【注释】

　　① 赚得：骗得，欺骗。

三月二十三日海云摸石

南宋·范成大

劝耕亭^①上往来频，四海萍浮老病身。

乱插山茶犹昨梦，重寻池石已残春。

惊心岁月东流水，过眼人情一哄尘。

赖有贻牟^② 堪饱饭，道逢田畯^③ 且眉伸。

【题 解】

范成大，南宋诗人，与杨万里、陆游、尤袤合称南宋"中兴四大诗人"。

传说海云寺中有一池塘，池塘中有一灵石，摸之可以祈福。作为当地的官员，范成大与民同乐，也来到海云寺摸石祈福。他在去年曾游览海云寺，现在又来到此地，可是在游玩之余诗人的情绪却倍感悲凉。他坐在劝耕亭中看着来来往往的人群，感叹聚散无常。游春的人们旋聚旋散，一哄而返，世间浅薄的人情大抵如此。在流逝的光阴中，一年又过去了，诗人眼见得北伐无望，身体又患有严重的疾病，这种种情形使得诗人心中产生了归隐田园的想法。

"惊心岁月东流水，过眼人情一哄尘"是本诗的名句，发人警醒，哲思深蕴。

【注 释】

① 劝耕亭：中国古代地方官有劝课农桑的习惯，劝耕亭就是为了这一目的修建的纪念物。

② 贻牟：通"贻谋"，留下的计谋。

③ 田畯：泛指农民。

【名 句】

惊心岁月东流水，过眼人情一哄尘。

观书有感 二首选一

南宋·朱熹

其 一

半亩方塘一鉴^①开，天光云影共徘徊。
问渠^②那得清如许？为有源头活水来。

【题解】

    这首七绝是宋代理学家朱熹的代表作，题目点明了此诗的来历是朱熹阅读时的心得，亦即这位著名理学家对治学功夫的思考。诗歌用简明的意象来说明富含意趣的道理。诗人以方塘比喻治学的境界，达到澄明之境时，心绪仿佛明亮的铜镜，可以照映出天色云影。各种知识仿佛在心中反射出来一样，学者的认识是明确而清晰的。作者亦有将书本比作铜镜的意思，《旧唐书·魏征传》曰："夫以铜为镜，可以正衣冠；以古为镜，可以知兴替；以人为镜，可以明得失。""鉴"含有鉴戒自警的意思。"活水"比喻新的知识或新的感悟，实时更新自己的学问见识，才能使得池塘清澈，才能使思想不僵化枯竭。

【注释】

    ①鉴：镜子。
    ②渠：它，指代方塘。

【名句】

    问渠那得清如许？为有源头活水来。

春 日

南宋·朱熹

胜日^①寻芳泗水^②滨，无边光景一时新。
等闲识得东风面，万紫千红总是春。

【题解】

　　这首诗表面上看起来是寻觅春踪的游览诗，实际上作者所描述的是自己求学的心得体会。朱熹的哲学可以简要概括为"万物一理"，"理"是指事物的准则、规律，宇宙万物的本体和道德伦理原则。"理"可以外化为具体的事物，这就是"理一分殊"，各有自己不同的形态和规定性。朱熹比邵雍等理学家进步的地方在于，从这种逻辑推导而出的可知论，朱熹认为要认识世界的终极本质，必须要从"格物"入手。此诗就是"格致"的艺术化体现，首联描写的是徜徉于知识的海洋，不断地求索知识。"无边光景"实际上就是各种各样的外物，是"理"的体现。在具体可见的事物上不断努力地发现探索新知识，这是最终"识得东风面"的必要途径。而从认识发展的角度看，认识有一个由表及里、由浅入深的过程。"等闲识得东风面，万紫千红总是春"是认识的高级阶段，最终达到了"穷理"的目的。

【注释】

　　① 胜日：风光美好的日子。
　　② 泗水：位于山东曲阜，传说孔子曾在泗水滨讲学。

【名句】

等闲识得东风面，万紫千红总是春。

泛 舟

南宋·朱熹

昨夜江边春水生，艨艟①巨舰一毛轻。
向来枉费推移力，此日中流自在行。

【题解】

这也是一首借助形象说理的诗，它以泛舟水上为例，使读者体会学习中积累和悟性的重要性。从诗歌的意象来看，往日里难以推动的大船，当春水猛涨时，即使艨艟巨舰也如羽毛般轻，自由自在地飘行在水流中。所比喻的正是学问由广博积累、勤思苦学后达到了豁然贯通的效果。朱熹在阐述自己的为学之道时，特别看重知识的积累，同时也强调学习的悟性。水涨方能推动巨船，船才能够行驶自在，形象地比喻灵感勃发对于学习的重要性。学者不但要掌握扎实的基础，更要顺应学习规律，把握突破的时机。在成功之前，应该掌握尽量多的材料，促成条件的成熟，而不是主观冒进。

【注释】

① 艨艟：亦作"艨冲"或"蒙冲"，古代的一种战舰。

偶题 三首选一

南宋·朱熹

其 三

步随流水觅溪源，行到源头却惘然。
始信真源行不到，倚筇①随处弄潺湲。

【题解】

朱熹阐发哲理非常喜欢使用水的意象，这首诗也是他对于体道求理问题的感悟。

作者"沿流寻源"，这实际上就是朱熹认为的格物致知的关系，朱熹认为格物和致知是认知的不同阶段，既相互区别又相互统一，"沿流"就是跟随着万物的表象去追寻背后的真理，"寻源"乃是目的，这二者有机统一在一起。但是行到水的源头，却不免一片怅惘，因为所谓的"源头"也不过是"真源"的表象而已。既然"源"上还有"源"，那么这个真源究竟是何物呢？实际上，穷究事理的过程，同时也是印证我心中固有之理的过程，也是把我心中的固有之理推广开的过程，这个心中的固有之理就是真源。所以"真源寻不到"并非是朱熹陷入到了不可知论的老路上去，而是将世界的本质转化为先验的本体论，使得最终追寻的目标应该是个人的内心，"倚筇随处弄潺湲"实际上是一种极高的精神境界，这种感受乃是"天理者，此心之本然"的外化。

【注释】

①筇（qióng）：本意为竹，实心节高，适于做拐杖。

立春偶成

南宋·张栻

律回岁晚冰霜少，春到人间草木知。
便觉眼前生意满，东风吹水绿差差^①。

【题 解】

张栻，南宋著名理学家、教育家，与朱熹、吕祖谦合称"东南三贤"。

此诗描写的是一年之始的景象，作者紧紧把握住春天的特征，透露出万物即将萌发、生命开始复苏的消息。使人读后有豁然开朗的感受，呈现出一片生机勃勃的氛围。

首联写春回大地，冰霜减少，人们在准备过春节，但没有人注意到"春"的讯息，只有作者一人敏锐地意识到了。"春到人间草木知"直接点题，借草木写春来，一个"知"字将原本无意识的草木变成了有意识的。"便觉眼前生意满"，仿佛是作者已经看到了百花盛开的景象，实际上这却是诗人的想象之词。"东风吹水绿差差"描写了解冻后的水面被春风吹拂的场景。这首诗展示了新事物与旧事物之间相互交替的规律，冬春之间相互转化的过程就是阴阳变换的结果，往往是一方发展到极致就会向另一方转化，这种辩证发展的观点是诗歌中表现的哲理。

【注 释】

① 差差（cī）：参差不齐的样子。

金陵杂兴

南宋·苏泂

朱雀街^①头观阙^②红，角门东畔好春风。

人家一样垂杨柳，种入宫墙自不同。

【题 解】

　　苏泂，"江湖诗派"的代表诗人。这首诗描写了金陵城中的柳树，其着眼点不在于柳树的颜色和状貌，而是以柳树所处地位的不同来阐发人生哲理，借柳抒怀。诗歌的首联描写了南京城内春日的风光，朱雀街与朱雀航相连，他们都是皇城的御道。在皇城街头可以窥视到皇城内部的景象，"角门"用来代指宫墙，皇城之内的柳树在"好春风"的吹拂下轻轻摇摆。诗人联系到个人的生平遭际，顿时明白了沉沦下僚的原因是"种入宫墙自不同"，表现了个人怀才不遇的愤懑和不平。

【注 释】

　　① 朱雀街：朱雀街与南京正门朱雀门相连，是皇城的御道。
　　② 阙：宫阙，泛指皇宫。

浣花溪^①

南宋·苏泂

抱郭清溪一带流，浣花溪水水西头。

重来杜老谁相识，沙上凫雏水上鸥。

【题 解】

这是诗人早年随祖父到蜀地时所作的诗歌。"浣花溪"在成都城外，著名的杜甫草堂就在此处，杜甫晚年在此创作了大量的诗歌。因为崇拜偶像，作者自然也要来到此处寻访杜甫旧踪。

首联描写的锦官城外的景色，浣花溪静静地流淌，它温柔地将整个成都环抱起来。作者顺着溪流向西走，来到了当年草堂所在的位置。当年的人物皆已作古，草堂也难觅其踪，只剩下这静静流淌的浣花溪依旧保持着旧时模样。物是人非的感受涌上作者心头，作者的生命意识勃然而生，自然事物作为永恒的存在，它们与短暂急促的人生形成了鲜明的对比。人生只拥有短暂的时光，其最终的结局即是死亡。生命只是作为一种短暂的存在，而变化与消亡则是永恒的。"重来杜老谁相识，沙上凫雏水上鸥"，写得颇有理趣，作者假设了杜甫重生的情节。如果当年在此生活的杜甫重新回到浣花溪的话，那么又有谁认识这位老人呢？恐怕只有当年被他写入诗篇的"鸥鸟""凫雏"了吧。此诗情景优美、意境闲适，在描绘景色的同时加入了作者自己的体悟，富含理趣。

【注 释】

① 浣花溪：位于成都城南，因杜甫在此避乱生活，建立草堂而知名。

口 占

南宋·苏泂

士生弊于文，其实乃无用。
今年州县间，朋友多不贡①。
桔橰旱而工，已得轻抱甕②。
大舜举皋陶，乃曰选于众。

【题解】

　　这首诗是作者的激愤之作，主要抨击了选举制度的不公，以及对贤才无用的惋惜。宋代重视科举，读书人纷纷求取功名，但这一政策的背后却是大量冗官冗员的出现，到南宋中后期，这种情况已经十分严重。官员数量的饱和，使得朝廷难以再吸纳寒士进入官僚集团。在文化发达、教育昌盛的背景下造就的大量士人一下子失去了赖以生存的依靠。这就是诗歌首联和颔联的时代背景。

　　在这种情况下，很多读书人希望通过干谒，凭借自身的才华来博得公卿的赏识。这就造成了种种科场舞弊的存在，使得本来就不公平的仕进之路变得更加艰难。作者在颈联和尾联连用两个典故，"桔橰"是一种原始的汲水工具，《庄子·天运》云："且子独不见夫桔橰者乎？引之则俯，舍之则仰，彼人之所引，非引人也。故俯仰而不得罪于人。"这种"俯仰由人"的境况是当时士子们生活的真实写照。"皋陶"是舜的贤臣，他是由大家公推公选出来的，他制定刑法，制教规，推行了一套公平的治理法则，因而也被视为是公平的化身。《孟子》云："不患寡而患不均。"阐述了中国古代关于公平重要性的理解，而在作者的时代，这种公平却被破坏殆尽，怎不令他感到愤怒。此诗说理寓于典故之中，激烈的诗情与质朴的道理相得益彰，读后发人深省。

【注 释】

① 不贡："贡"指贡士，后用来指代科举考试。不贡就是科举失利。

② 抱甕：汲水所用的坛子。

贫居自警 三首选一

南宋·刘克庄

其 三

客过吾庐语至晡^①，旋营盐酪刈薪刍。
酒兼麟脯^②不时有，饭与鱼羹何处无。
力穑^③勿忘家世俭，堆金能使子孙愚。
俗儿未识贫中乐，妄议书生骨相癯^④。

【题 解】

刘克庄，南宋著名诗人，江湖诗派的代表人物。这首诗是作者穷困状态下对"义利"问题的思考。作者以纯儒自视，以传统儒家的道德教化来警醒自己，即使处于穷困的状态，也要安贫乐道。诗歌的首联和颔联写客人来访，主人盛情款待的画面。宾主二人相谈甚欢，一直谈论到了吃饭时。主人殷勤地招待客人留下吃饭，并准备了丰盛的菜肴，就此引出了主客二人对持家的人生哲理感悟。"力穑"是说努力耕作，致富的秘诀就在于勤劳工作。但是仅仅开源还不足以使得家业丰稔，还需要从节流的角度入手。如果不知道节俭持家的话，那么即使有再多的钱财也会被不肖子孙消耗殆尽。而一味积累财富却忘记教育的重要性，就会产生"堆金能使子孙愚"的恶果。

【注 释】

① 晡：晡时，又名日铺、夕食等，指下午三点至下午五点。
② 麟脯：干麒麟肉。形容美味佳肴。
③ 力穑：努力耕作。《书·盘庚上》："若农服田力穑，乃亦有秋。"
④ 臞（qú）：少肉，瘦弱。

题 壁

南宋·刘克庄

儿时挟弹①长安市，不信人间果有愁。
行遍江南江北路，始知愁会白人头。

【题 解】

　　这首诗是诗人中年之后的作品，他经历了人生的残酷磨炼后，回想当初意气风发的年轻岁月，感慨今日难以排遣的忧愁。首联写作者年轻时裘马轻狂的岁月，"挟弹长安市"是所谓的游侠少年的行为。这时的作者少年得志，根本不相信有所谓的愁思。刘克庄因咏《梅花》讽刺权臣被罢黜，在经历了十年的蹉跎后，才真正体会到人生道路的曲折和艰辛。在当时激烈的政治斗争中，前后四次被罢职，起复后旋即遭免。南宋积贫积弱的政治现实令作者感到失望，他再也不能保持无忧无虑的心境了，作者这才意识到"愁会白人头"。

　　这首诗所包含的哲理是：人只有经过了社会实践，才会有深刻的人生体验，强调了实践在认识形成中的重要性。

【注释】

① 挟弹：拿着弹弓、弹丸，多用来形容贵戚子弟或豪侠少年。

早　行

南宋·刘克庄

店媪^①明灯送，前村认未真。

山头云似雪，陌上树如人。

渐觉高星少，才分远烧^②新。

宁须看堠子^③，来往暗知津。

【题解】

此诗是诗人早起赶路时的心得体会。诗人从日常景物中提炼出了深刻的哲理，写得富有理趣。诗歌的颈联描述的是天渐渐亮起来的样子，"渐觉高星少"说明夜色退去后，原本高悬天空的星星也隐去了身影，而天边的朝霞此时刚刚产生，云朵在阳光的反射下显得明亮而有光华。此句使用了对比描写的手法，暗含动态的变化，将早上景物由黯淡到明亮的过程写得清楚而明白。同时，此句也阐述了发展辩证的观点，夜的离去伴随着朝气的产生，暗与明、夜与晨是相对的矛盾，二者之间相互依存相互转化。由夜入明的过程实际上是变化发展的过程，世上万物无时无刻不在运动中，诗人通过景物的变化来阐明这个道理。

【注 释】

① 店媪：媪，年老的妇女，也泛指妇女。指开店的女子。
② 远烧：远处的野火，这里用来指代朝霞。王维《河南严尹弟见宿弊庐》："古壁苍苔黑，寒山远烧红。"
③ 堠子：古代用来计算里程数的标志物，是一种筑在路旁以分界或计算里数的土坛。一般每五里筑单堠，十里筑双堠。

秋行 二首选一

南宋·徐玑

其 一

戛戛①秋蝉响似筝，听蝉闲傍柳边行。
小溪清水平如镜，一叶飞来细浪生。

【题 解】

徐玑，"永嘉四灵"之一。这首小诗描写了平静湖面被飞来的树叶扰动时的情形，阐述了世间万物存在着普遍联系的哲理。

诗歌的首联写诗人欣赏秋日景色的见闻，作者一反写景诗的常例，不从视觉的角度进行描述，反而以秋蝉的鸣叫先声夺人。"听蝉闲傍柳边行"，描写了作者安闲的心态。"小溪清水平如镜"，这是作者眼中所见的景物，秋天的水面平稳如镜，不起波澜。但是突然一片树叶飞来，打破了这平静的水面，产生了道道波纹。作者的本意是突出秋风，因为蝉自夏至秋都在鸣叫，虽然叫声有异，但是人们很难从叫声中分辨秋天的到来。只有秋风吹拂落叶，才使人们意识到秋天的到来。《淮南子》

云"一叶落而知岁之将暮"，作者正是从这一片小小的落叶中感知到了秋天到来的气息。通过个别的细微的迹象，可以看到整个形势的发展趋向与结果，这正是此诗所要阐明的道理。

【注 释】

① 戛戛（jiá）：象声词，形容蝉鸣。

过九岭①

南宋·徐玑

断崖横路水潺潺，行到山根又上山。
眼看别峰云雾起，不知身也在云间。

【题 解】

这首诗的立意仿效苏轼的《题西林壁》，但是诗人能别出心裁，自己并非观察山势走向的坐标，而是将自我的存在也纳入到诗歌中去，使得诗中蕴含的哲理翻出新意。

首联叙述了作者登山时经历的困难险阻，"断崖""横路"阻挡着诗人的脚步，一路上还有溪流需要跋涉。但令作者感到困惑的是，本来以为已经走到山脚，却发现又要向上攀登。这时"别峰云雾起"，将整个九岭山笼罩了起来，山路就更难行走了。作者此时发现自己已经成为九岭山的一部分，连个体的存在都已模糊。

这首诗所蕴含的哲理是，人类认识有其局限性。作者不能超越他所处的位置，他自身也属于九岭山的一部分，缺乏认识的工具和手段，因

而也就不能准确地把握事物的本质。人类的认识本身还存在着正确与错误之分，这也是认识局限性的表现。

【注 释】

① 九岭：九岭山位于江西省西北部，九岭山主峰九岭尖位于武宁靖安的边界，九岭山脉可分为南北两支，北支海拔较高，山脉呈东北西南走向，是修水、锦江二流域的分水岭，全山脉大多数在江西省境内，西南尾端延伸至湖南浏阳成为浏阳河的发源地。

冯公岭

南宋·翁卷

乱峰千叠拂云霄 ①，辐合坑崖立似梯。
曾向括州 ② 州里望，众山却是此山低。

【题 解】

翁卷，南宋诗人，为"永嘉四灵"之一。诗歌的首联描写冯公岭雄奇的山势，"乱峰千叠"的景象直插云霄，山峦叠起，辐辏聚散。这些陡峭的悬崖不时突出，与山崖上的坑洞犬牙交错，看起来就如同高耸入云的天梯。紧接着，诗人的视角由内转外，回忆起从永嘉城内眺望冯公岭的感受，结果二者完全不同。从内部看冯公岭，似乎高不可及，险峻难越。但是从远处眺望整个括苍山脉，冯公岭就显得微不足道了，所谓"众山却是此山低"。此诗蕴含的哲理是，任何事物如果脱离它所处的环境孤立地观察的话，就不能得到其真实的面目，难以把握事物的本质和真相。这就提醒我们在处理问题时要学会转换视角，改变思维方式，从多个角度去认识事物。

【注 释】

① 云霓：本意是"虹"，后借指高空。
② 括州：温州隋唐时的旧称，也是诗人家乡永嘉的旧称。

观落花

南宋·翁卷

才看艳蕾①破春晴，又见飞花点点轻。
纵是闲花自开落，东风毕竟亦无情。

【题 解】

这首诗描绘的是春日里落花的景象，但作者的着眼点并非对落花细节的刻画，而是被吹落繁花的凶手"东风"的无情勾起了感慨，诗歌语言流畅，富含哲理。诗的首联用了一个节奏很快的句式"才……又……"，这两个程度副词刻画出的是时间流逝的迅捷和快速，春天转瞬即逝。首联的两句描写的都是花，但是前者是花未开时的勃勃生机和无限活力，后者则是满地狼藉的衰败景象。诗歌的尾联承接上文落花而来，点明诗人心中的感受。即使花朵是按照自然生长的规律败落的，但这"无情"的东风却一点也不懂得珍惜。作者心中明白，个人再有诸多不舍，也无法改变自然规律。此诗告诉我们这样一个道理，世间万物都是在不停变

化的，自然界的运动变化是不以人的意志为转移的，人不能违背自然规律，只能认识它并加以利用。

【注 释】

① 艳蕾：娇艳的花蕾。

山 雨

南宋·翁卷

一夜满林星月白，且无云气亦无雷。
平明忽见溪流急，知是他山落雨来。

【题 解】

这首诗题目是"山雨"，可是诗人却花了一半的篇幅来证明无雨，构思新奇。此诗借助如何观察落雨这一细节，阐述了认识发展的若干阶段。首联作者描绘了晚间自己的所见所闻，天空中满天星斗，月亮也高挂天边，天空中没有半点云彩，也听不到任何雷声。这种种迹象使作者形成了今夜无雨的主观认识。第三句"平明忽见溪流急"，写的是诗人平明时分见到湍急的溪流，这意味着水位的上涨。诗人随即领悟，水位上涨的原因只有一个，那就是别的地方下雨了。首尾两种不同的结论都是作者根据亲眼所见得出的，都有其合理性的一面，但是从现实来看，明显是后一种结论更符合现实。这反映了认识发展的不同阶段，作者晚间看到的景象是感性认识，它是认识的低级阶段。作者第二天根据溪流上涨的现象推理出下雨的结论，这明显属于理性认识。感性认识和理性认识互相依存。理性认识依赖于感性认识，无论是"星月""无云""无雷"，还是"溪流急"，都属于感性认识，这是认识论的唯物论。感性认识有待于发展到理性认识，这是认识论的辩证法。假如我们只停留在认识的初级阶段，那就无法得到正确的认识。

游园不值

南宋·叶绍翁

应怜屐齿^①印苍苔，小扣柴扉久不开。
春色满园关不住，一枝红杏出墙来。

【题解】

叶绍翁，南宋文学家、诗人。这首小诗描写了春日游园时的见闻。此诗先写诗人游园看花却进不了园门，感情上是从期待盼望到失望遗憾。但当他准备离去之际，却发现一枝红杏伸出墙外，进而领略到盎然春意是无处不在的，围墙并不能阻挡春天到来。随即感情又由失望到意外之喜，感情变化曲折而有层次。特别是诗歌的第三、四两句，既渲染了浓郁的春色，又揭示了深刻的哲理。它象征着美好事物是难以被压抑的，一切具有生命力的新事物都是无法阻拦的，它们最终都能够突破人为的限制而崭露头角。

【注释】

① 屐齿：屐是木鞋，鞋底前后都有高跟儿，叫屐齿。

【名句】

春色满园关不住，一枝红杏出墙来。

猫 图

南宋·叶绍翁

醉薄荷^①，扑蝉蛾。
主人家，奈鼠何。

【题解】

这是一首题画诗。画面上的小猫天真烂漫，一派可爱的样貌，它扑蝴蝶，在草丛中嬉戏，无忧无虑的样子让人心生怜惜。诗人却发出了"主人家，奈鼠何"的感叹，它只知玩耍，放弃了自己的职责，这不正是南宋那些尸位素餐、文恬武嬉的官员们的群像吗？诗人只是仔细描摹猫儿的可爱，却在画面之外寄托了讽刺之意。

【注释】

①醉薄荷：旧说猫食薄荷则醉。欧阳修《归田录》："薄荷醉猫，死猫引竹之类，皆世俗常知。"

秋日游龙井

南宋·叶绍翁

引道^①烦双鹤，携囊倩^②一僮。
竹光杯影里，人语水声中。
不雨云常湿，无霜叶自红。
我来何所事，端为听松风。

【题 解】

这是一首游览诗，作者记述了秋日游玩龙井的行踪，通过写景纪行寄寓个人的深意，诗歌写得富含理趣。"不雨云常湿，无霜叶自红"两句包含了厚重的哲理意味。云是水汽聚集而成的，即使不下雨诗人也了解它的物理特性，准确把握其"湿"的特点。"无霜叶自红"看似简单，实际上是受宋明理学"物各有理"观念影响的产物。古人对于自然界的认知还未达到极高的水平，往往认为是秋风起霜后，枫叶才会变红。但是枫叶变红是枫树本身按照自然生长规律发生的现象，与外界的影响没有关系。只不过，它变红的时节是秋天，而秋风、霜降被视为秋季的象征，因此二者才发生了联系。此诗告诉我们的哲理是，事物的发展具有自身独特的规律，规律是不会受到外界干扰而改变的。

【注 释】

① 引道：引领道路。
② 倩：央求、请人做某事。成彦雄《煎茶》："蜀茶倩个云僧碾，自拾枯松三四枝。"

偶 题

南宋·张良臣

谁家池馆静萧萧，斜依朱门不敢敲。
一段好春藏不住，粉墙斜露杏花梢。

【题 解】

张良臣，隆兴元年进士，监左藏库。笃学好古，嗜诗词，人称"雪窗先生"。

这首诗与叶绍翁的《游园不值》出于同一机杼，但在描写上稍有差异，古今人皆认为叶作要稍高一筹。钱锺书认为这首诗逊于叶作的原因是，第三句出现了虚字"好"，特意强调"好"就有了人工的感觉，不及"红杏"意象来得真切自然。虽然与叶作水平上存在一定的差异，但这首诗仍不失为一首说理与形象俱佳的作品。诗中也反映了这样的哲理：美好事物是难以被压抑的，一切具有生命力的新事物都是无法阻拦的。

雪梅 二首

南宋·卢梅坡

其 一

梅雪争春未肯降，骚人阁笔① 费评章。
梅须逊雪三分白，雪却输梅一段香。

【题解】

　　梅花盛开，洁白似雪，中国古代文人常以梅、雪并举，对二者的优劣高下也是争论不休。在这首诗中，作者从不同角度公允地评判它们各自的优缺点，并从品评中引出了令人深思的哲理。诗歌的三四句是本诗的精华所在，其中所蕴含的哲理也耐人寻味。二者都是春天的象征，它们都是春天意象的有机组成部分，前人之所以难以得出二者的优劣，是因为往往将它们放在同一个审美角度去观察。从不同视角去观察，就容易发现它们各自的短长。就色彩而言，梅花没有雪纯净洁白；就嗅觉而言，雪却没有梅花清香，它们在不同角度各擅胜场。此诗的哲理是，任何事物都具有自己的优点和缺点，任何事物都不会存在所谓真正意义上的"完美"，无论多么"十全十美"的事物，都难免存在不足之处。而观察者所处的角度是评判优劣的重要标准，只有从多角度观察事物，才能得出正确的结论。

【注释】

　　① 阁笔：停笔；放下笔。

【名句】

梅须逊雪三分白，雪却输梅一段香。

其　二

　　有梅无雪不精神，有雪无诗俗了人。
　　日暮诗成天又雪，与梅并作十分春。

【题 解】

　　诗人紧承上一首阐发哲理，强调了事物相辅相成，有机和谐地构成整体的重要性，解释了部分与整体之间的辩证关系。作者从"有梅无雪"和"有雪无诗"两个角度入手阐发事理，前者显示不出梅的孤傲坚贞，后者则说明如果缺少了诗人的吟咏，这其中所蕴含的哲理就无法被人得知，失去了人格化的文化内涵。这两句诗蕴含了深刻的哲理，世间的事物都是存在着相互联系、相互影响的辩证关系的。同时，二者都作为"春"的象征，实际上是整体意象的两个有机组成部分，整体是构成事物的诸要素的有机统一，没有整体就无所谓部分。梅花与白雪是构成"春"的要素，只有二者合二为一，才能真正地展示春天的美好。

早春红梅盛开有感

南宋·黄公度

不与雪霜分素艳，却随桃杏竞芳辰①。
自知孤洁群心妒，故着微红伴早春。

【题 解】

　　黄公度是一位爱国诗人，他支持抗金而遭到秦桧的打击，但他并不因此而改变个人的志向。诗人全篇都是描摹梅花的形态，但是在形象之中寄寓深意，使得梅花的精神得以充分表达。诗歌的首联描述了梅花在早春盛开时的景象，原本应该隆冬盛开的梅花，不去顶风斗雪，反而与桃李一起在春天绽放，仿佛有意与它们争夺春色一般。其中所蕴含的深意是，梅花代表着忠臣义士，他们不忍看到朝廷被奸人遮蔽，所以不畏打击与他们斗争。桃李象征着小人，他们随着权势而起舞，媚态十足。

诗歌的三、四句是诗人的内心独白，他自知会被"群芳"妒忌谗害，却始终不改变"孤洁"的本性，通过寥寥数字就展示了诗人与奸臣斗争的坚定决心。

【注 释】

① 芳辰：美好的时光，多指春天。

题临安邸

南宋·林升

山外青山楼外楼，西湖歌舞几时休。
暖风熏得游人醉，直把杭州作汴州①。

【题 解】

这是一首脍炙人口的题壁诗，诗人描写西湖的风光，以乐景来写哀情，使悲伤痛惜之感跃然纸上，而且在深邃的审美境界中，蕴含着深沉的意蕴。

诗的首句写"山外青山楼外楼"，意思是说山外有青山，楼外有高楼，极力描写西湖的山水之美，重重叠叠的青山与鳞次栉比的楼台相映成辉。次句继承上句，描写游人们在西湖的美景中陶醉，诗酒歌舞，仿佛没有尽头一般。"暖风熏得游人醉，直把杭州作汴州"，这两句是有明确的讽刺对象的，意即那些逃离中原故土，来到杭州的达官显贵们。"游人"指的是他们客居江南的状态，也是讽刺他们只知玩乐，不思故乡。诗人无情地揭露了统治者无视国家前途与命运，不顾国计民生的卑劣行径，

同时也表达了诗人对国家民族命运的深切忧虑。

【注 释】

① 汴州：开封，北宋都城。

悟道诗

南宋·无名氏

尽日寻春不见春，芒鞋^①踏遍陇头云。
归来笑捻梅花嗅，春在枝头已十分。

【题 解】

　　这首诗以通俗形象的语言阐释了认识发展的不同阶段，揭示了如何修行以获得真理的道理，是一首包含禅意的诗歌。

　　诗歌的首联说，天天寻觅春却不知春在何处。穿着草鞋踏遍了陇头，寻遍东西也无觅春踪。"归来笑捻梅花嗅，春在枝头已十分"说明作者突然发现了春色就在眼前，春意也已盎然。诗中的春代表着所谓的"道"，因为节气与大道一样，不能直接显现，而只能通过观察物体会获得。作者到处寻找春踪，意味着他苦苦追寻着大道，有朝一日终于突然悟道，孔子说"道不远人"，佛家说"迷闻经累劫，悟则刹那间"，都是相同的道理。作者的顿悟并非凭空而来的，他是凭借着苦苦求索的积累而达到顿悟的境界的。这首诗还阐发了由量变到质变的道理，量变是质变发生的前提条件，当量的积累达到一定程度时，就必然会引起质变。

【注 释】

① 芒鞋：用植物的叶或杆编织的草鞋。

论诗十绝 十首选一

南宋·戴复古

其　三

意匠如神变化生，笔端有力任纵横。
须教自我胸中出，切忌随人脚后行。

【题 解】

戴复古，南宋诗人，江湖诗派的代表人物。这首诗主要阐述了作诗贵在从自我出发，独抒胸臆，以个人真实的情感为主，反对抄袭和仿效。

"须教自我胸中出，切忌随人脚后行"是本诗的哲理名言，言简意赅，表达了诗人对创作理想的追求，也是诗人论诗的主张。蹈袭前人的脚步，追随旧作的痕迹是不可能产生超越原作的伟大作品的，创新才是文章真正应该遵循的不二法门。

"自我胸中出"（创新）和"随人脚后行"（仿效）是一对相互对立统一的矛盾。作者强调"自我"并不是为了否定后者，他所关注的是文学创作中要展示出作者的个性与特点。"须教自我胸中出，切忌随人脚后行"不但可以指导文学创作，也可以运用在人类一切发明创造上，特别是学术研究上，学术贵在创新。

【名句】

须教自我胸中出，切忌随人脚后行。

寄 兴

南宋·戴复古

黄金无足色，白璧有微瑕。
求人不求备①，妾愿老君家。

【题解】

这首诗短小精悍，阐述了"金无足赤，人无完人"的道理。诗歌的首联说明再纯的黄金里也总是含有细微的杂质，再美丽的白璧也总是带有微小的斑点。首联蕴含着深刻的哲理，具有辩证的观点。任何事物都有两面性，对待人和事物，应看其主流和本质，不能求全责备。

【注 释】

①求备："求全责备"，指对人或对人做的事情要求十全十美，毫无缺点。是指苛责别人，要求完美无缺。

得古梅两枝

南宋·戴复古

老干百年久，从教花事迟。
似枯元^①不死，因病反成奇。
玉破^②稀疏蕊，苔封古怪枝。
谁能知我意，相对岁寒时。

【题 解】

此诗内容在版本上存在差异，首句又作"有此老梅树，君从何处移"，"玉破"又作"雪点"，尾联作"连朝吞不足，正要看花迟"。

诗歌的首联描绘了百年古梅的形象，老而不朽，似枯未死。这种病态反倒成为一种奇特的审美，那么这种奇特具体体现在哪里呢？"玉破稀疏蕊，苔封古怪枝"，严寒之中，百年老梅树虽然不是繁花满枝头，却也有雪花玉蕊稀稀疏疏地点缀在长满青苔的遒劲枝条上。这种显示出返老还童、暮年生机的奇景，令人感觉到"生生不息"一词的真谛。诗人描绘古梅，是为了抒发自己的胸臆，诗歌的尾联正是诗人内心的直接表达。作者暮年多病，生活困顿，但是并不因此而改变个人的志向，颇有"老骥伏枥，志在千里。烈士暮年，壮心不已"的意味。

此诗意境深邃，寄托深远，表现了作者老有所为、壮志不休的决心，给人以奋发向上的感受。

【注 释】

①元：通"原"，原来、原本。
②玉破：指雪花。

月 岩

宋·刘立雪

世事从来满则亏，十分何似八分时。
青山作计①常千古，只露岩前月半观。

【题 解】

刘立雪，宋末元初"江湖诗派"诗人。这是一首吟咏山岩遮月现象的小诗，阐述了"满"与"亏"即量变与质变之间的辩证关系。"世事从来满则亏，十分何似八分时"阐述了最为质朴也最为直观的道理，那就是"满则盈，盈则亏"。事物发展到一定阶段就会发生变化，这是因为量的积累必定引起质的改变。量变引起质变，质变又引起新的量变，新的量变发展到一定程度又引起新的质变，如此交替，循环往复，不断转化。首联两句不但阐述了量变与质变之间的关系，还包含了"谦受益、满招损"的深刻哲理。人做事如果不留有余地，求全责备，那么一定会招致他人的反感。从另一角度说，只知自高自大，不为他人留有余地，那么也会带来不好的结果。做任何事情都应保持谦虚谨慎、不骄不躁的态度，只有这样才能不断前进。

【注 释】

①作计：谋划、考虑。

论诗绝句 三十首选一

金·元好问

其 五

眼处心生句自神，暗中摸索总非真。

画图临出秦川^①景，亲到长安有几人。

【题解】

  元好问，字裕之，号遗山，太原秀容人，金代著名诗人。作者通过阐述眼前之境与心中之景的辩证关系，阐述了诗歌创作中的虚构性与真实性的道理。

  首联直接陈述艺术创作所应遵循的原则。"眼处心生句自神"指的是描绘景物既要有实地考察的客观经验，又要将这种眼中所见之景化作心中构思的图像。只有二者相互结合、相得益彰才能产生出优秀的诗句。如果只是一味地闭门造车，凭借想象而没有亲身实地考察过所要描绘的景物特征的话，就无法准确把握其基本外貌特征，写出来的东西不能令人信服，这就是"暗中摸索总非真"。诗歌的第三、四句主要阐述意识的能动性作用。古往今来有不少画家都曾创作过"关中盛景图"，其中不少还是流传千古、交口称赞的佳作。但是从画家的生平经历看，他们当中没有几个真的去过长安。为什么作家们没有亲身经历的实践经验，却能创作出惟妙惟肖的秦川图呢？那是因为作者发挥了主观能动性。

【注释】

  ① 秦川：泛指今陕西、秦岭以北的关中平原地带。因春秋战国时地属秦国而得名。

风雨图

元·许衡

南山已见雾昏昏，便合潜身^①不出门。
直到半途风雨横，仓皇何处觅前村。

【题 解】

　　许衡，元代理学家。这是一首题画诗，作者描绘了一个在大风雨中仓皇躲避、寻觅避雨处的行人。首句"南山已见雾昏昏"写出了画中水汽氤氲的远景，南山此时因为云层的遮蔽已经显得模糊了，这是即将下雨的先兆。大雨将至的征兆已经显现，这时就不应再外出了，可是画中人却自以为是，或许他认为自己能够赶在大雨之前到达目的地，"天意从来高难问"，他还是被突如其来的大雨淋成了落汤鸡。身处半途的他，进退两难，只能狼狈地到处找寻避雨之处。

　　诗人表现的是现实生活中常有的情况，但经过诗人的加工和升华，就变得充满理趣。他所揭露的真理是，一旦在生活中发现危险的预兆，就应该及早采取应对措施。视而不见、刚愎自用或者是心存侥幸，最后都会受到惩罚。这首诗所蕴含的哲理与"见微知著""防患未然"的道理是相同的，但此诗更为详细地阐发了这个道理。

【注释】

① 潜身：藏身隐居。马銮《铜雀伎》："得上高台日已西，潜身一为故人啼。"

探　春

元·刘因

道边残阳护颓墙，墙外柔丝^①露浅黄。
春色虽微已堪惜，轻寒休近柳梢旁。

【题解】

刘因，元代著名理学家、诗人。这是一首托物言理的诗歌。诗歌的首联采取了对比的写法，"残阳""颓墙"本身是一种衰败的景象，作者却在伤感的气氛中孕育着新的希望。"护"字所体现出的柔情正好是"柔丝"所需要的，因为刚抽出嫩芽的柳条还很柔弱，需要人的呵护与照顾。作者在"浅黄色"的柳梢身上看到了春天到来的讯息，因此作者在第三句说"春色虽微已堪惜"，这讯号虽然微弱，但其所代表的是未来的希望。作者对于新生事物倍感珍惜，他命令那些"轻寒"不要靠近这新生的弱柳，珍爱之情跃然纸上。此诗所蕴含的哲理是，新生事物在刚开始的时候力量非常微弱，但它们蕴含着无限的生机与活力，最终将取代旧事物成为主宰。因此，我们要有善于发现新生事物的眼力，注意到新生事物出现的苗头，并懂得珍惜和爱护它们，使得新生事物茁壮成长。

【注 释】

① 柔丝：指柳条，春季的柳梢颜色发黄，又名鹅黄。

悲　歌

明·高启

征途险巇^①，人乏马饥。
富老不如贫少，美游不如恶归。
浮云随风，零乱四野。
仰天悲歌，泣数行下。

【题 解】

　　高启，元末明初著名文学家、诗人。这首诗是作者对世路艰难的人生感悟，是他人生体验的总结。诗歌以辩证的眼光阐述了人世痛苦产生的原因，表现了作者对险恶仕途的厌恶和意欲归隐而不得的痛苦之情。

　　诗歌的首联就描述了作者在疲于奔命的仕途中的感受，"征途险巇"说的是人生之路的艰难，"人乏马饥"既是对现实的刻画也是诗人倦怠心理的表现。奔波于江湖和庙堂之间自然令作者感到"美游不如恶归"，这是逻辑推衍的必然结果。俗话说："在家千日好，出门一时难。"作者并不是持消极的人生态度，他是在渴望内心的平静和安稳。"美游"象征着出仕，作者离开家乡，享受到了高官厚禄，但是表面的风光掩饰了背后的艰险。"富老不如贫少"则是作者时间意识的流露，"万金买高爵，何处买青春"（屈复《偶然作》），高官厚禄带来了优渥的生活，可是那些浪费在"险途"中的时光又怎么能用钱财来衡量呢？

此诗所蕴含的哲理是，事物皆有两面性，好坏之间是可以相互转换的。作者提醒世人，不要只看到表面光鲜的一面而忽视了背后的艰辛。

【注 释】

① 巇（xī）：险恶、险峻。

支遁庵

明·高启

闲登待月岭，远叩栖云关。
石室闭千载，高僧犹未还。
残灯黄叶下，古座青苔间。
不见蹦跦 ①影，鹤鸣空此山。

【题 解】

首联写作者游赏的情态，"闲登待月岭，远叩栖云关"既是对现实景色的描绘，又是诗人对佛教修行过程的叩问。云散月明、澄光照旷这些都是佛教常用来形容修行成就的，而"散淡如云栖"也是对心无挂碍境界的描绘。支遁是"即色义"的发明者，所谓的即色义就是我们常说的"色不异空"说。作者在这里运用此意来形容个人对支遁修行成就的敬仰之情。

"石室闭千载，高僧犹未还"写得颇有佛趣，仿佛支遁庵仍在静静地等待着它主人的归来。因为成佛者是唯一可以跳出轮回的存在，他们可以不受时间的限制往来古今。作者在此寻访支遁的旧踪，也是希望能

够经由佛法开示获得内心的平静。"不见跏趺影，鹤鸣空此山"是全诗哲理意味最浓的一联，作者面对空荡荡的蒲团心生感慨：支遁大概是不会再回来了，因为他已参透了"空"与"色"之间的佛理，鹤鸣之"空"也是佛法之空。

【注释】

① 跏趺（jiā fū）：佛教中修禅者的坐法，两足交叉置于左右股上，称"全跏坐"，又称"吉祥坐"。

瓜 圃

明·高启

伤瓜莫伤蔓，伤蔓子生稀。
留待惊霜露，盈筐采得归。

【题解】

这首诗是作者借农事阐发哲理的诗作。"伤瓜莫伤蔓，伤蔓子生稀"，意思是培植瓜的时候宁肯伤到瓜本身，也不要伤及瓜藤，因为瓜藤为果实输送养分，一旦伤及瓜蔓则有碍于其他嫩瓜的生长。这是瓜类生长的规律，如果能够依照农业规律来培育作物的话，那么等到"霜露"即秋天到来的时候，自然会获得丰收。此诗所阐述的哲理是，处理矛盾应该抓住主要矛盾或矛盾的主要方面。对于瓜类来说，输送养料的藤蔓是"本"，是主要矛盾。而单个的瓜则是"表"，是次要矛盾。无论做什么事情都要依照客观规律行事，这样才能获得好的结果。

鹦　鹉

明·方孝孺

幽禽兀自啭^①佳音，玉立雕笼万里心。
只为从前解言语，半生不得在山林。

【题 解】

　　方孝孺，明代学者、文学家、思想家。这首诗反映了作者疲于奔波，为才所累的倦怠心境，还含有感慨世人不可露才扬己，逞才显能的意思，阐述了福祸相依的道理。

　　鹦鹉之所以被擒，乃是因为歌声婉转、善于模仿人类的声音，"只为从前解言语"既是描绘"鹦鹉学舌"的自然现象，又暗含着作者读书有得、学问有成的状态。但是福祸相依，作者也因此遭人嫉恨，深陷牢笼，失去了自由。而获释之后又陷入到另外一种困境中，那就是功名的羁绊。作者此诗就是对老庄哲学中"无用之用"观点的诗意表达。

【注 释】

　　① 啭：婉转。指鸟婉转地鸣叫。

石灰吟

明·于谦

千锤万凿出深山，烈火焚烧若等闲^①。

粉骨碎身浑^②不怕，要留清白在人间。

【题解】

于谦，明代政治家、军事家。这首诗是千古传诵的名篇，作者以石灰自喻，表达了为国尽忠、不怕牺牲的意愿和坚守高洁情操的决心。

首句"千锤万凿出深山"是形容开采石灰的艰难，次句"烈火焚烧若等闲"是指烧炼石灰石的过程，更象征着英雄人物接受艰难困苦的试炼。"若等闲"三字使人感到志士仁人无论面临着怎样严峻的考验，都能够从容不迫地应对，将那些"烈火"考验视若等闲。第三、四句"粉骨碎身浑不怕，要留清白在人间"，通过比喻石灰石被烧炼成粉，形象而鲜明地写出作者不怕牺牲的精神。作者直抒胸臆，立志要做纯洁清白的人，他在为官中充分践行了自己的人格理想。

【注释】

① 等闲：指轻易、随便或寻常、平常。
② 浑：浑然、全然。

【名句】

粉骨碎身浑不怕，要留清白在人间。

登泰山

明·杨继盛

志欲小天下[①]，特来登泰山。
仰观绝顶上，犹有白云还。

【题解】

杨继盛，明代著名谏臣。这首小诗是作者登临泰山后的所思所感。《孟子·尽心上》云："孔子登东山而小鲁，登泰山而小天下。"此后这一说法就成为登高远望、眼界开阔的代名词，更被常常用来形容心胸开阔、气度不凡。杜甫则将这层意义发挥为："会当凌绝顶，一览众山小。"杨继盛的这首诗就是从这两个典故出发，将"小天下"作为自己"特来登泰山"的目的，作者希望通过登临泰山后，眼界和见识都能有所提高，胸襟气魄更是高人一等。但当作者登上泰山之后才发现，原来泰山之上更有"白云"。作者原本以为，泰山就已经是天下的绝顶高峰了，但实际上并非如此，这意味着学习或追寻至道是没有止境的，而人的道德修养也是没有界限的。

【注释】

① 小天下：以天下为小。典出《孟子·尽心上》："孔子登东山而小鲁，登泰山而小天下。"

蔽月山房

明·王守仁

山近月远觉月小，便道此山大于月。
若有人眼大如天，当见山高月更阔。

【题 解】

王守仁，世称"阳明先生"，明代著名的思想家、文学家、军事家、心学的开创者和集大成者。这首诗传为作者十二岁时所作，诗歌中表现出的辩证的思维方法令人叹止。作者从个人感觉的角度出发，描绘了山与月大小远近之间的辩证联系。

此诗除了表现事物之间存在的辩证关系外，还阐述了主观对于认识事物本质的影响。"山近月远觉月小"，此句是说当观察主体靠近山时，便会觉得山大而月小；而当人的观察视角从上空俯瞰，或扩展到一个广阔空间的时候，又会觉得山小而月阔。前后景物的不同不是由于山、月发生变化，而是因为眼所处位置的不同。此诗的后两句还可以解释为，当人的眼界狭小时，他所看到的山是高的，看到的月是小的；当他的眼界如"天之眼"，既大又高，便能见到山高月阔。这种解释更体现了"心"（主观认识）对客观事物的影响。

无 题

明·唐寅

一失足成千古恨，再回首是百年身。

【题解】

　　唐寅，字伯虎，明朝著名的画家、诗人。诗人本身才华横溢，在二十九岁乡试时高中应天府第一名"解元"，从此声名鹊起，广受众人瞩目。然而生活波澜又起，欣赏他文章的会试主考官程敏政被人诬告科场舞弊，唐寅被牵连下狱。出狱后被贬谪为小吏，诗人从此失去了对科举的兴趣，居家诗酒放浪，以卖画为生。宁王朱宸濠有反叛之心，他在暗中积蓄力量，招揽贤才。他听说了唐寅的遭遇后，将作者招致幕下。不明就里的唐寅以为时来运转，可以借助宁王的权势重新回到官场，可是当他抵达南昌后却发现了宁王真实的意图。他佯狂纵酒，使自己丑态百出，最终从宁王府逃回苏州。这次"附逆"的经历导致作者政治上彻底失去了东山再起的可能，他悔恨难耐，吟唱出了这两句诗歌。这两句诗所蕴含的哲理是，人一旦不谨慎，犯了错误，就成为千古遗恨，难以洗刷。这首诗提醒世人做人做事一定要谨慎小心，三思而后行。

【名句】

　　一失足成千古恨，再回首是百年身。

感　怀

明·文徵明

五十年来麋鹿踪，苦为老去入樊笼。
五湖春梦扁舟雨，万里秋风两鬓蓬。
远志出山成小草，神鱼失水困沙虫。
白头漫赴公车召，不满东方一笑中。

【题 解】

文徵明，明代画家、书法家、文学家。与祝允明、唐寅、徐祯卿并称"吴中四才子"。

这首诗是作者在翰林院供奉时写作的。作者曾十次应举均落第，直至五十四岁才受工部尚书李充嗣的推荐以贡生进京，经过吏部考核，被授职低俸微的翰林院待诏。此时其书画已负盛名，求其书画的很多，由此受到翰林院同僚的嫉妒和排挤，心中悒悒不乐。作者此诗表现了个人对晚节不保的叹息和世网萦罗的无奈，表现了文人的共同痛苦之情。颔联"五湖春梦扁舟雨"运用范蠡泛舟五湖的典故，形容自己不应出仕。因为有大成就者尚且功成名就后，浪迹天涯，脱离世俗，何况我这没有半点功劳的人呢？"远志出山成小草，神鱼失水困沙虫"是本诗的名句，也是哲理性的集中体现。"远志小草"是用典，出自《世说新语·排调》，作者借此自嘲。"神鱼沙虫"也是用典，借以表达思乡之情。"沙虫"是讽刺翰林院中嫉妒文徵明才华的小人同僚。尾联"白头漫赴公车召，不满东方一笑中"，作者表现了自我嘲解的态度。当年的东方朔弱冠入朝，正是朝气蓬勃，而我这衰朽残年竟然也抵挡不住功名利禄的诱惑，这在作者看来是可耻的。此诗所阐发的哲理是，每个人都在生活中面对各种各样的诱惑，但是能够保持独立晚节的人却是少之又少。诗人提醒我们，要警惕财富、权势、名声对人独立性的侵害，要保持自己的晚节。

【名 句】

远志出山成小草，神鱼失水困沙虫。

昨日诗

明·文嘉

昨日兮昨日，昨日何其好！

昨日过去了，今日徒懊恼。

世人但知悔昨日，不觉今日又过了。

水去日日流，花落日日少。

成事立业在今日，莫待明朝悔今朝。

【题解】

文嘉，"江南四才子"之一文徵明的次子，吴派代表画家。这首《昨日诗》与《今日诗》、《明日诗》合称"三日诗"，是一组以"劝学"为目的创作的诗歌，阐发了珍惜时光、勤奋努力的人生哲理。三首诗歌因其形象直白的语言而广为流传、脍炙人口。

"昨日兮昨日，昨日何其好"是以一种反讽的语言振聋发聩地提醒着世人，过去的时光再美好已经成为过去，今天的人不应沉湎在过去中。人生无时无刻不充满遗憾，事后追述总是懊恼万分，但是这种懊恼只是徒然，这就是第二联"昨日过去了，今日徒懊恼"的含义。如果不能体会到这层道理，只是一味地沉湎在对过去的遗憾之中，那么连今天都会被荒废。"世人但知悔昨日"说明了一种普遍的现象，人们总是习惯性地沉浸在对过往时光的回忆和懊悔中，却不知努力向前。这种高度概括性的总结是对人性的深刻认识和对历史的细致把握，是作者哲理性思考的产物。"水去日日流，花落日日少"一联用生动形象的语言表现了时光流逝、一去不返的客观规律。

作者在尾联提出了自己的忠告："成事立业在今日，莫待明朝悔今朝。"时间的流逝既然不以人的意志为转移，那么就不要再为昨天的离去而感到悲伤，努力奋斗在今日，就会有成功的结果。否则，就又会陷入到日日重复的怪圈之中，难以自拔。

今日诗

明·文嘉

今日复今日，今日何其少！

今日又不为，此事何时了。

人生百年几今日，今日不为真可惜！

若言姑待明朝至，明朝又有明朝事。

为君聊赋今日诗，努力请从今日始。

【题解】

这首诗是"三日诗"的第二首，紧承《昨日诗》"努力在今朝"的意义而发，阐述了"今日事今日毕"的道理。

"今日复今日，今日何其少"，作者在首联就提出了一个颇具辩证色彩的问题，引人深思。从发展的角度看，每天都是"今天"，它是无穷无尽的。那么"今天"又怎么会少呢？逝去的日子都曾经是今日，而现实存在意义上的今天只有此刻所拥有的二十四小时。从孤立的角度看，"今天"只有一天，今天是何其少啊！

今日春来，明朝花谢，时光不停流逝最终吞噬人的生命。在这有限的时光里，如果不珍惜时间创造价值，那么人的意义就无从体现。所以诗人说"今日又不为，此事何时了"，如果不抓紧时间完成自己的事业的话，那么这件事情就永远做不完。这里隐含了对人主观能动性的把握，人是否努力奋斗是能否发挥主观能动性的结果，人如果意识不到时间的珍贵的话，也就无法发挥主观能动性。

"努力请从今日始"是本诗的题眼，也是今天的意义所在。作者告诫世人应该珍惜时光，完成今天的任务，这样才能不负时光，实现自己的价值，完成人生的意义。

明日诗

明·文嘉

明日复明日，明日何其多！
我生待明日，万事成蹉跎①。
世人皆被明日累，春去秋来老将至。
朝看水东流，暮看日西坠，
百年明日能几何？请君听我明日歌。

【题 解】

《明日诗》是"三日诗"中最为脍炙人口的作品，诗歌的前两联更是被人交口传诵。此诗与《今日诗》所阐述的道理相近，是"三日诗"的最终总结。

诗歌的开篇"明日何其多"是一种发展看待时间流动的观点，因为每一个"今天"都是"明天"变成的，今天一到，明日又生。"明天"的存在从辩证的角度看是一种绝对，所以作者才会说"明日何其多"。如果将希望寄托在明天上，那么人将一事无成，万事蹉跎。

人本身是存在惰性的，"等待明天"是人们为自己的懒惰所找的借口。人能自欺，时间却不欺人，"春去秋来老将至"就是这些懒惰之人的下场。年华老去虽然对所有人都是公平的，但是懒惰者与勤奋者之间的差异就在于勤勉者不会因虚度光阴而感到悔恨。时间的流逝是非常迅速的，不知珍惜时间的人总会为自己的懒惰付出代价。

作者在尾联否定了"明日"的无限性，与诗歌开篇形成了首尾呼应的结构。看似很长的明日实际上只是人生的短短一瞬，人的生命的终结也意味着个体"明日"的死亡。从这个角度看，明天确实是很少的，它能有几何呢？

【注 释】

① 蹉跎：虚度光阴。

【名 句】

明日复明日，明日何其多！

宝剑记①

夜奔

明·李开先

丈夫有泪不轻弹，只因未到伤心处。

【题 解】

　　李开先，明代文学家、戏曲家。他壮年归田，因不肯趋附权贵，只能闲居终老，期间创作了不少戏剧作品来讽刺朝政，寄托深意。这两句诗实际上是《宝剑记》中主人公林冲的念白。《宝剑记》创作完成于嘉靖二十六年，是作者抒发内心愤懑，化解胸中块垒的作品。剧中的情节正是作者一生的行藏。

　　"丈夫有泪不轻弹"两句集中概括了作者此刻的悲愤之情，因其高度的概括性而超越了具体背景的限制和时空的约束，成为一种人类所具有的普遍心理体验。生存困境带来了作者对生命哲学的深刻思考，作者坚毅果敢的性格成为他为后世流放的主要原因，也是"丈夫有泪不轻弹"所代表的理想人格的体现。男子汉大丈夫生于世间，正是责任心和使命

感促使他们做出"明知不可为而为之"的举动，这种迎难而上的气魄值得今人学习。

【注 释】

① 宝剑记：明代作家李开先的传奇作品，是中国戏曲史上重要的作品之一。该剧本取材于中国白话小说名著《水浒传》，但有所改动。林冲因参奏高俅而被高陷害，被刺配沧州，最后逼上梁山。高俅之子谋占林妻张贞娘，贞娘出逃，在白云庵出家。林冲落草后率领梁山英雄攻打京城，朝廷将高俅父子送梁山军前处死，并招安梁山军。

书能误人

明·李贽

年年岁岁笑书奴，生世无端同处女①。
世上何人不读书，书奴却以读书死。

【题 解】

李贽，明代思想家、文学家，阳明心学泰州学派的代表人物。

首句"年年岁岁笑书奴"开门见山，表明作者对书奴的批判姿态，他将那些食古不化、冥顽不灵，只知道依照古人说法机械僵化处理实际问题的人称为"书奴"，认为他们被书本所奴役，失去了个人的本心。"生世无端同处女"说的是书奴们的生活方式，嘲讽他们行动举止都像女人，"静若处子"。男子的雄心气魄本是用在建立功业、开拓创新上

的。但是书本却将人拘束在书斋之内，与现实生活脱离了联系。人们只知道从书本上获取知识，忽略了实践对认识的决定性作用。天长日久，竟然导致男子的性情发生了变化，这实际上是对人性的摧残。

诗人并不是要否定读书的意义，"世上何人不读书"正是阐明书籍对于人类的意义，因此不能简单地认为作者的观点是一种反智主义的体现。作者真正反对的是"书奴却以读书死"的情形，只有僵化的、机械的读书方式才是作者所反对的，其中更隐含了笃信书本知识，忽略实践经验所导致的反思精神的死亡。

【注释】

① 处女：指未出嫁的女子，这里用来形容书奴读书的状态。古代对女子的要求是端庄娴淑，举动合礼，实际上是对人性的极大摧残。

又酬傅处士次韵 二首选一

清·顾炎武

其 二

愁听关塞遍吹笳，不见中原有战车。
三户已亡熊绎国，一成犹启少康家。
苍龙日暮还行雨，老树春深更著花。
待得汉庭明诏近，五湖同觅钓鱼槎①。

【题解】

　　顾炎武，明末清初著名思想家、史学家、语言学家，与黄宗羲、王夫之并称为"明末清初三大儒"。这首诗是顾炎武与友人之间的相互赠答之作，共有两首，这是其中的第二首。此诗作于康熙二年，"傅处士"即傅山，他是明末清初著名的遗民诗人、画家。

　　首联"愁听关塞遍吹笳，不见中原有战车"描绘了中原被胡人占领，而大好河山拱手与人，竟没有如同戚继光那样的名将出世重整河山，揭露了明末文恬武嬉、疏于战备的情形。颔联使用了两个典故来安慰老友，鼓励他东山再起。"熊绎国"即楚国，熊绎是楚国的开国之君，作者用了《史记》中"楚虽三户，亡秦必楚"的典故形容故国复兴有望。"少康家"指夏代的中兴之主少康。

　　颈联"苍龙日暮还行雨，老树春深更著花"是本诗的名句，也是哲理意味最浓的一句，表现了作者老有所为、壮志不休、生命不息、奋斗不止的决心。这两句诗的境界与曹操的"老骥伏枥，志在千里"相似，它们共同体现了中华民族生生不息的奋斗精神和顽强斗志。诗歌的尾联是作者的想象，等到将来事业成功，我就和你等待着皇帝赐旨放还的诏书，学习范蠡的功成身退，一起到太湖中乘风垂钓。此联含蓄隽永，体现了作者的乐观和开朗。

【注释】

　　① 钓鱼槎：钓鱼的小船，借指范蠡泛舟五湖的故事。

【名句】

　　苍龙日暮还行雨，老树春深更著花。

子房 节选

清·顾炎武

天道有盈虚①，智者乘时作。
取果半青黄，不如待自落。

【题解】

　　这首诗阐发了为人处世应当乘时而作、顺势而为的道理。作者首联就提出了具有普遍适用性的哲学思考"天道有盈虚"，天道即自然规律，它按照自己的意志运行，不因人事而改变，人只能顺从它、利用它而不能改变它、强迫它。作为一名"智者"应该"乘时作"，即从事物变化状态有利于己方的条件下或状态下着手，这样才能事半功倍。三四句使用了形象的比喻来进一步说明"瓜熟自落"的道理，如果在果子青黄不熟的情况下强行摘取，这样既达不到品尝果实的目的，又失去了品尝的可能，因为果子已经没有了进一步成熟发育的可能性。明智之人必须审时度势，量力而行，因时而动，顺势而为，这才能最大限度地发挥自己的聪明才智，使所谋之事得到成功。此诗阐明了主观效用和客观环境制约之间的辩证关系，是一首颇具理性思辨的诗歌。

【注释】

　　①盈虚：盈满或虚空，比喻发展变化。

野 渡

清·吴雯

野渡添秋水，危桥一线通。
临深能自力①，终不污泥中。

【题解】

　　吴雯，清代诗人，与傅山有"北傅南吴"或"二征君"之说。此诗描写的是野外的古渡的景色，通过描写渡水的感受借以抒发体悟到的道理。作者长途跋涉来到田野郊外，举目无亲也没有朋友相伴，在危险的独木桥上他只能依靠自己的力量前进。如果不慎跌入河中，除了与鱼虾为伴，还会被"污泥"脏诟。这实际上象征着世路艰难，人生难关的考验。我们在面临生活的考验时，所能依靠的往往只有自己，只有自身奋发努力才能使个人摆脱困境。在临深履薄的环境中，应该特别小心谨慎，一步踏错就有可能造成不可挽回的损失，所以作者在诗中告诫众人"临深能自力"，身处逆境而能洁身自好，这是作者在诗中所阐发的又一重道理。不做违心之事，不做背信弃义之人，不与邪恶势力同流合污，这才是君子所应追求的道德品质。通过个人的努力顽强拼搏，总有一天能够克服重重困难，达到胜利的彼岸。

【注 释】

　　① 自力：指尽自己的力量，或靠自身之力达到自食其力的目的。

戏　题

清·冯班

世间无赖^①是豪家，处处朱门锁好花。
唯有梦魂难管束，任它随意到天涯。

【题解】

冯班，明末清初诗人，师从钱谦益，是虞山诗派的重要人物。这首诗描述的是作者游春时的所见所闻，他以戏谑的笔调嘲讽了那些豪门贵族，寄托个人深意，形象之中见情理。

"世间无赖是豪家，处处朱门锁好花"，此句是说世上的豪富之家没有几个好人，他们大多凭借手中的权势巧取豪夺，甚至将本属于世间的春色都揽入府邸，并以朱门高墙阻隔春天的气息，使众人无处寻花觅春。这两句不禁令人想到"春色满园关不住""一段好春藏不住"的诗句来，只不过冯班的诗歌描述的重点在于受禁锢摧残的状态，是为了突出豪门的无耻和霸蛮。"唯有梦魂难管束，任它随意到天涯"则是诗人反抗精神的体现，花朵被锁入高墙深院之中，象征着身体的拘束状态。然而肉体虽然被禁，但是思想却是永恒自由无法锁住的。哪里有鲜花，他们就能飘向哪儿去寻觅春踪。

【注释】

①无赖：放刁撒泼，蛮不讲理。

杂 感

清·吴伟业

武安席上见双鬟，血泪青娥陷贼还。
不为君亲来故国，却因女子下雄关。
取兵辽海哥舒翰^①，得妇江南谢阿蛮^②。
快马健儿无限恨，天教红粉定燕山。

【题 解】

吴伟业，明末清初著名诗人，与钱谦益、龚鼎孳并称"江左三大家"，为娄东诗派开创者。

这首《杂感》实际上就是作者的名篇《圆圆曲》的缩减版。《圆圆曲》的优长在于破除了"红颜祸水"的偏见，指出投敌卖国者是手握重兵的吴三桂，而陈圆圆只是在激烈变革的大时代中飘荡的可怜女子而已。"武安席上见双鬟，血泪青娥陷贼还"一句用了两个典故，"武安"指武安侯田蚡，这里是用来指代明思宗朱由检的外戚嘉定伯周奎。"青娥陷贼"指的是霍桓始乱终弃的故事，这里暗讽吴三桂对待陈圆圆并非出自真心。"不为君亲来故国，却因女子下雄关"对吴三桂进行了无情的嘲讽。吴三桂为了个人的风流而将民族气节置于脑后，背叛国家。"君亲"指崇祯帝，吴三桂听说陈圆圆被李自成夺走，"冲冠一怒为红颜"（《圆圆曲》），带领清兵进入山海关，最终重新夺回了佳人。这就是"取兵辽海哥舒翰，得妇江南谢阿蛮"一联的含义。作者在最后一联感叹"快马健儿无限恨"，他们恨的原因是无法为国杀敌，报效疆场。原因不是因为别的，而是主帅自己已经放弃了抵抗。作者的无奈与辛酸在诗文里表现得一览无余。

【注释】

① 哥舒翰：唐代大将，他是突骑施（西突厥别部）首领哥舒部落人，作者用来比喻清兵。

② 谢阿蛮：唐代著名的歌舞伎，代指陈圆圆。

西 子

清·吴伟业

霸越亡吴计已成，论功也合赏倾城。

西施亦有弓藏惧，不独鸱夷变姓名。

【题解】

这首《西子》本是《戏题仕女图十二首》中的一首。从诗歌的内容可知，画面描绘的是西施与范蠡乘船归隐的传说。作者此诗阐发的是福祸相依的道理，赞扬了西施能抛弃富贵得以全身而退的智慧。"霸越亡吴计已成，论功也合赏倾城"二句写的是吴国灭亡，勾践霸业建立，这其中就有西施的美人计之功。应该赏赐给西施何物才能补偿她这么多年的付出呢？论道理是应该赏赐万般，可是勾践却不是一个可以共享乐的君王，他根本不会赐给西施任何东西，反而会将她收入官廷，变成自己的玩物。西施正是意识到了勾践的性格，她惧怕君王翻脸无情，于是就跟随范蠡改变姓名，泛舟五湖，脱离了苦海。

祸福之间的转换是客观存在的，它们是一对矛盾，相互依存又相互转化。西施的智慧正在于发现了这一哲理，并且具备抛弃功名利禄的勇气和决心。这是作者所看重和赞扬的美德。

登缥缈峰

清·吴伟业

绝顶江湖放眼明，飘然如欲御风行。
最高尚有鱼龙气，半岭全无鸟雀声。
芳草青芜迷远近，夕阳金碧变阴晴。
夫差霸业销沈尽，枫叶芦花钓艇横。

【题解】

这是作者游览缥缈峰时创作的一首怀古之作，他登临江山胜迹，面对古今兴亡的遗迹，产生了种种感慨。

"绝顶江湖放眼明"说的是作者登上顶峰后，不畏浮云遮蔽，远眺山川大地。"飘然如欲御风行"一句用"列子御风"的典故，形容自己高出人世的境界，他的目光是从天界俯视人间，是一种超凡脱俗的状态。

"最高尚有鱼龙气，半岭全无鸟雀声"一联是全诗的名句。作者登上缥缈峰顶，却还能感觉到水汽，这说明太湖水面之大；而在攀爬山峰的过程中，作者刚爬了一半就听不到鸟叫声了，这说明山势极高，飞鸟难以逾越。这两句充满了辩证的色彩，是蕴含着思想闪光的诗句。它们经常被用来形容意想不到的状况。颈联"芳草青芜迷远近，夕阳金碧变阴晴"两句也写得很有哲思，前一句阐述了登山过程中主观感受随客观景物变化而产生的"远"、"近"之间的辩证关系，后一句则描绘了夕阳落山时，因为不同阶段色彩的差异而恍若天色产生了阴晴不定的效果。

诗歌的尾联充斥着深沉的历史意识。夫差的霸业已经随着时间而消亡了，不变的只有这巍巍青山、浩浩江河，人之一瞬与自然的永恒形成了鲜明的对比，愈发显示出个体生命的渺小。

【名句】

最高尚有鱼龙气，半岭全无鸟雀声。

杂 兴

清·顾嗣协

骏马能历险，犁田不如牛。
坚车①能载重，渡河不如舟。
舍长以取短，智高难为谋。
生材贵适用，慎勿多苛求。

【题解】

这首诗以常见的田园生活为题材，描述了牛马车舟在耕作生活中的不同作用，阐述了物尽其才的道理。

"尺有所短，寸有所长"，若不能相对地、全面地考察人、事，就不能充分了解其优劣特性，也就无法充分利用。"舍长以取短，智高难为谋"，再高明的人也难以在"舍长就短"的情形下发挥聪明才智。只有扬长避短，才能做到物尽其用，人尽其力。"生材贵适用，慎勿多苛求"指出的是更为重要的道理，做人做事都不能全面苛求，要求他人做超出其能力范围之外的事情，这是不科学也不实际的态度。"适用"是最高原则，它指的是个人能力的极限决定了其所能从事的工作性质。这个道理也可以运用在培养人才方面，发掘受教育者的天性，从其自身的特点出发，培养他的兴趣爱好从而发现他适宜从事的工作。而不应该求全责备，要求他们面面俱到，这是一种主观的、不切实际的"苛求"。这是诗人在表面之下所蕴藏的又一层深刻哲理。

【注释】

①坚车：坚固的车辆。

偶　感

清·蒲松龄

潦倒年年愧不才，春风披拂冻云开。

穷途已尽行焉往？青眼忽逢涕欲来。

一字褒疑华衮①赐，千秋业付后人猜。

此生所恨无知己，纵不成名未足哀。

【题解】

蒲松龄是清代著名的小说家，但是一生功名不遂，潦倒落魄，以教授为业，经常来往奔波于主家和客馆之间。

诗歌的颔联写得很有哲理意味，与陆游"山重水复疑无路"的境界类似。"穷途已尽行焉往"表现出作者困顿彷徨的状态。但是突然遇到了知音，更是文学创作上的前辈名人。"青眼"用阮籍"青眼有加"的典故，这里指王士禛的赏识。一悲一喜之间极宜表现内心情感的急剧变化。

颈联"一字褒疑华衮赐，千秋业付后人猜"是作者坚定信心的表达。"一字褒"即春秋笔法"一字褒贬"，意为他人的评价。作者并没有因为王士禛的高度评价而沾沾自喜，他保持了清醒的认识。"千秋业付后人猜"表现出一种放任的豁达和高度的自信，作者的为人和著作并不是获得一时一地的称赞就可以消歇了，其得失成败不能只关注于当代人的评价，还应交予历史和后人进行公允地评判。此联充满了历史的纵深感

和理性的辩证思维，是全诗哲理意味最浓的诗句。

【注 释】

① 华衮：古代王公贵族装饰华丽的礼服，常用以表示极高的荣宠。

咏 史

清·蒲松龄

宴笑友朋多，患难知交寡。
范叔辱魏人，断胁弃厕下。
谁者溺其头，无乃是须贾。
南箕 ① 不可扬，北斗不可把。
虽有杵臼交 ②，不如同根者。

【题 解】

这首诗是作者阅读《史记·范雎蔡泽列传》时的感慨，表现了作者对友情的珍视和对世态炎凉的真实体验。

首联指出了人类日常交往的两种状态，即酒肉之交和患难之交之间的区别。人情冷暖自在待人接物，煊赫权势、泼天财富的周围往往围拢着有所图谋的小人，他们只会"锦上添花"不能雪中送炭，宾客欢宴可以找到他们的身影，而危难之时却无人出头。

"范叔"指范雎，他能言善辩，家贫只能依附于魏国中大夫须贾。须贾的地位要高于范雎，他们之间的交往本可成为一段佳话，这种不计身份而结交的朋友被称作"杵臼之交"。但是他们只是顺境中的朋友，不是患难之交。诗人认为"杵臼之交"是无法与同根相生的兄弟相比的，这些顺境中围拢上来的所谓朋友都是些酒肉之徒，徒有其名，不可相信。只有真正志同道合、患难与共的"兄弟"才算是真正的朋友，这就是本诗所阐发的深刻哲理。

【注 释】

① 南箕：箕宿。出自《小雅·大东》："维南有箕，不可以簸扬；维北有斗，不可以挹酒浆。"古人观察天象，认为它二星为踵，二星为舌，踵窄舌宽，是谗佞之臣搬弄是非的象征。

② 杵臼交：交友不嫌贫贱为杵臼之交。

论诗五绝 五首选二

清·赵翼

其 二

李杜诗篇万口传，至今已觉不新鲜。
江山代有才人出，各领风骚①数百年。

【题 解】

赵翼，清代文学家、史学家。其诗歌创作重视独创，与袁枚、张问陶并称清代性灵派三大家。本诗阐述了作诗应贵独创的主张，同时阐释了新旧交替的必然规律。

"李杜诗篇万口传，至今已觉不新鲜"直接说明艺术价值的相对性，

从根本上说，李杜的诗歌是中国诗歌史上最为精彩、最为伟大的作品之一，正因为它们的经典地位，所以被众人所熟知和学习，他们的意象、结构、语言都已经被发掘殆尽，不能满足新时期的"新鲜"经验的需求。换言之，每一个时代都在呼唤它们自己的作品，属于它们时代特征的创作。因此，"江山代有才人出"，每个时代的作家都有他们的独到之处，盛唐的时代环境造育了李白、杜甫这样的伟大诗人，而清代的康乾盛世未必不能造就自己的"当代李杜"，这其中孕育了无穷的可能性。正因为如此，每个时代求新求变的创作都能留下时刻的鲜明烙印，而成为下一个时代学习和仿效的对象，"各领风骚数百年"阐述的正是这个哲理。

今天，我们引用这首诗歌时已经超越了它具体指论的对象和背景，而往往推崇它历史永远向前发展的正确结论，这首诗的精神鼓舞着一代又一代的人去努力进步，争取成为其所处时代的"巨人"。

【注 释】

① 风骚：泛称文学或文学创作，指在文坛居于领袖地位或在某方面领先。

【名 句】

江山代有才人出，各领风骚数百年。

<h3 style="text-align:center">其 三</h3>

只眼须凭自主张，纷纷艺苑①漫雌黄②。
矮人看戏何曾见，都是随人说短长。

【题 解】

　　这是《论诗五绝》的第三首，主要陈述了如何评价艺术创作的价值问题。诗歌的首联指出了文艺界存在着对艺术作品随意评价的不良倾向，有时甚至罔顾事实，信口雌黄。赵翼认为，评价诗歌不能盲目崇古，在他看来后代的诗歌未必就比前代的差，并且后世的诗歌具有新奇、新意的优点，这是古诗所不及的。从发展的角度看，古诗和今人之间的关系是前后相继，各有千秋。如果一味地迷信古人，那么就又落入到随声附和、缺乏个性的弊端中去了。这就是尾联"都是随人说短长"的含义。

【注 释】

　　① 艺苑：文学艺术荟萃的处所，亦泛指文学艺术界。
　　② 雌黄：信口雌黄，胡说八道。

枯　叶

清·袁枚

草木在人间，去来有时节。
枯叶恋高枝，自觉无颜色①。

【题 解】

　　袁枚，清代诗人、散文家。乾嘉时期代表诗人之一，与赵翼、蒋士铨合称"乾隆三大家"。
　　这首诗以"枯叶"为题，主要阐述了新旧事物之间的辩证关系。诗歌的首联写"草木在人间，去来有时节"指的是自然界的事物是随着时节的更替而变化的，春去秋来，树木凋零乃是自然规律的作用。一切事物都存在着新陈代谢的过程，没有旧事物的消灭，就没有新事物的产生。这两者之间互为因果、相互转换，循环往复。但是已经失去了生命活力的枯叶，依然恋恋不舍地挂在高枝上，既然已经"枯"了，又何必附着在树枝上不肯脱落呢？诗人用拟人化的手法描述了枯叶状态，实际上讽刺了那些恋栈不退的封建官僚。这首诗所蕴含的哲理是，社会的更替是自然现象，新老交替、历史兴废皆是不可逆转的自然规律，人应该按照自然规律的要求，知所进退，这样才能保持社会的进步与发展。

【注 释】

① 颜色：面容、面色或面子、尊严。

雨 过

清·袁枚

雨过天洗容①，云来山入梦。
云雨自往来，青山原不动。

【题 解】

这首诗是诗人晚年游览武夷山时所作，诗人借雨后天晴的山色风光，描述了"青山原不动"的美景，借以比喻人生需要坚定的信念。诗歌的首联描写了大雨过后武夷山的景色，只见雨后的群山一派清新之气，天空的色彩也变得非常明亮，就如同被水洗过一般。"云来山入梦"一句使用拟人化的手法，白云绕山，如絮如被，作者仿佛生出了幻觉，这慵懒的青山竟在白云的轻抚下睡去了。诗人从变化的景色中体悟到了人生的真理，世事变化本无常，人生本也多"风雨"，各种试炼和考验动摇着人的心志。只有那些心志坚定的人，才能够通过重重考验、处变不惊。作者意在提醒世人和自己，要学习青山根基稳固的优长，坚持自己的信念理想。

【注 释】

①洗容：蓝色的天空像洗过一样明净，形容天气晴朗。

重登永庆寺塔

清·袁枚

九级浮图①到顶寒，十年前此倚栏干。
过来事怕从头想，高处人休往下看。

【题 解】

这首诗由登塔而引发议论，主要阐述了做人做事要反思，但切莫后悔的道理。

"九级浮图到顶寒，十年前此倚栏干"两句照应诗歌题目"重登"，交代了作诗的缘由。诗歌首联记述了诗人十年之前曾经登临此塔，凭栏远眺，今日重登再次回首当年的行径，显示出了这次登临的意义，那就是"过来事怕从头想，高处人休往下看"，作者展示了个人的心情和体验，从中得出了"往者不可谏，来者犹可追"的感悟。过去的事情是最

怕重新思考的，因为事后会发现许多当初没有考虑到的因素，这时往往会令人陷入到痛苦中去。人也不要在身处高位时往下看，因为回顾一步步的拼搏历程，也会对自己的所作所为产生不满。

【注 释】

① 浮图：浮屠，这里指佛塔。它是佛陀梵文的音译。古人亦称佛教徒为浮屠，佛教为浮屠道，后并称佛塔为浮屠。

煎茶坪题壁

清·张问陶

子规不作去年声，猿鸟都萦 ① 故国情。
清浊泉流如有意，高低山色总无名。
人从虎豹丛中健，天在峰峦缺处明。
一笑云林归便得，向来烟景又谁争。

【题 解】

张问陶，清代杰出诗人、诗论家、书画家，与袁枚、赵翼合称清代"性灵派三大家"。这是一首题壁诗，是作者怀念家乡有感而发的作品，诗中饱含对故乡风物的热爱，在浓浓的诗情中还含有作者的哲理思考，是一首情理兼得的好诗。

颈联"人从虎豹丛中健，天在峰峦缺处明"是本诗的名句，也是全诗哲理性的体现。此联体现了事物矛盾对立的一面，二者相互依存，相互转化。四川多虎豹，人民生活在这样的环境中练就了一身的本领，体质刚健、民风彪悍。看似不利的条件却意外获得了收获，事物矛盾之间的转换就是如此，祸福相依的道理正是作者所欲阐明的。"天在峰峦缺处明"既是写景，又是说理。因为山势高峻，往往难以观察到天的全貌，但是偶尔从峰峦缺口处透露出的远空碧景却因为山色的对比而显得愈发纯净。得失之际，尽在彼端。

【注释】

① 萦：萦绕，环绕。

【名句】

人从虎豹丛中健，天在峰峦缺处明。

论诗绝句 十二首选二

清·张问陶

其　三

胸中成见尽消除，一气如云自卷舒。
写出此身真阅历，强于钉铰^①古人书。

【题解】

张问陶仿效前贤，创作了十二首《论诗绝句》，这是其中的第三首。作者从自己创作经验出发，阐明了写作过程中实践与间接知识之间的关

系，表达了"实践出真知"的道理。

"成见"在此诗中并非偏见的含义，而是指由于过多的阅读导致心中充满了前人的看法和意见，这些看法和意见不能为阅读者活用，也无法转换成阅读者自己的资源以供利用。

作者认为，"写出此身真阅历"是破除成见的不二法门，只有以实践经验来纠正充斥文章的前人说法，这样的文章才有新意。因为真阅历乃是创作者自己亲身实践得来的，是客观实际与创作者主观认识相互结合的产物，它是鲜活的、第一手的材料，而不是通过阅读他人对某事某物的感受获得的。不知灵活运用前人的成果，那么不如从自身的切身经验出发。这是诗人最想告诉后学晚辈的经验之谈。

【注 释】

①饤饾：指将食品堆叠在盘中，摆设出来。后用来形容作文堆砌、杂凑。

其 五

跃跃诗情在眼前，聚如风雨散如烟。
敢为常语谈何易，百炼功纯始自然。

【题 解】

这首诗是《论诗绝句》的第五首，主要论述了诗歌语言的艺术性问题，强调了反复实践才能使文学语言不断精益求精的道理。

"跃跃诗情在眼前，聚如风雨散如烟"说的是创作灵感的显现非常迅速，往往是一瞬间就出现，它由客观现实刺激人的主观感受而来。但是要想将心中的创作灵感变成纸上的文字，这个过程又更为艰辛和困难。语言的文字本身所包含的意义又限制文章意义的阐发，那么该如何做才能真正表现自己的创作灵感呢？"百炼功纯始自然"，作者提出了勤学苦练的原则，"熟能生巧"是他的解答。本诗所反映的哲理不仅仅可以运用在文学创作上，无论我们做什么事情，只要涉及发明创造就一定会经历这样的过程，而勤思勤练才是进步的唯一方法。

画　竹

清·郑燮

两枝修竹出重霄，几叶新篁 ① 倒挂梢。
本是同根复同气，有何卑下有何高。

【题解】

郑燮，清代画家、文学家，"扬州八怪"之一。这首诗表面上看似是在写画竹的经验，实际上作者是在借此阐释他对社会人生的独到见解。诗歌的首联描写画面上两枝直冲云霄的竹子，这两根竹子的竿头倒挂着几片新鲜的竹叶，显得生机勃勃。作者根据竹子的生长特性阐述了一个平凡而深刻的哲理：相同本质的事物并不存在区别，即使二者外在表现形态有所差异，只要属于相同种属，具有相似的特性，那么它们就属于同一事物。诗歌中所表现出的平等观念与作者的身世密切相关。郑燮出身贫寒，幼年家中常常缺米少粮，几近断炊。诗人认为人与人之间即使身份上存在差异，但本质并不存在不同，人与人之间是平等的，不应有高低贵贱之分。

【注释】

① 新篁：新生之竹，此处指新生竹叶，亦指新笋。

题画竹

清·郑燮

四十年来画竹枝，日间挥写夜间思。
冗繁①削尽留清瘦，画到生时是熟时。

【题解】

　　这首诗描述了作者四十年来画竹的心得体会，阐述了他对艺术创作规律问题的看法。

　　"四十年来画竹枝"表明了他创作时间之长，是他艺术实践的真实写照。这其中的甘苦只有作者自己知晓，"日间挥写夜间思"，他白天创作，晚上总结经验，正是由于勤练苦思，二者相互结合，才使他笔下的竹子日复一日地进步，渐渐变得有灵性起来。第三句"冗繁削尽留清瘦"正是创作法则的体现，是他经验总结的成果。删繁就简必须具备高度的艺术概括能力，在简约的笔调中表现丰富的内涵和深邃的精神，这是常人难以达到的艺术高度。第四句"画到生时是熟时"是最为精妙的一句，一般的创作过程是熟能生巧的，但作者却反其道而行之，提出了"熟中求生"的创作原则。一个艺术工作者能够在创作上有所建树，必须不断创新，"生"实际上是新鲜、新奇的含义，也即是说作品必须给人一种新鲜的阅读感受。

【注释】

　　①冗繁：冗长繁琐。

冗繁削尽留清瘦，画到生时是熟时。

题 竹

清·郑燮

咬定青山不放松，立根原在破岩中。
千磨万击还坚劲，任尔东西南北风。

【题解】

　　这首诗是郑板桥作品中最为脍炙人口的一首，是作者独立人格的体现。

　　"千磨万击还坚劲，任尔东西南北风"一联说明竹子的生长环境不是一帆风顺的，即使它破开岩石，扎根生长已经非常不易，外界还是会以凄风苦雨来折磨它的枝叶，摧毁它的根茎。正是因为有了种种考验，竹子才能更加坚韧，"千磨万击"的过程使它练就了一身铜头铁臂，可以抵抗风霜的侵袭。没有这样的试炼过程就无法显示"任尔东西南北风"的自信与潇洒。竹子在与自然界的恶劣环境斗争中成长，人也能够在艰苦的环境中磨炼自身。坚韧的性格、独立的品德，这些都不是生而有之的，而是在艰苦卓绝的环境中通过自身不断努力得来的。这就是本诗所蕴含的深刻哲理。

【名句】

千磨万击还坚劲，任尔东西南北风。

杂　感

清·黄景仁

仙佛茫茫两未成，只知独夜不平鸣。
风逢飘尽悲歌气，泥絮招来薄幸名。
十有九人堪白眼，百无一用是书生。
莫因诗卷愁成谶①，春鸟秋虫自作声。

【题解】

　　黄景仁，清代诗人。一生怀才不遇，穷困潦倒。这首诗是作者对世事人生的深刻体悟，通过对世态炎凉、人情冷暖的体悟，作者诗歌中的理性思考上升到了一种宇宙哲学的高度，是对全人类困顿处境的心理描绘。

　　"十有九人堪白眼，百无一用是书生"是本诗的名句，道出了古往今来读书人的辛酸，此句在自嘲的同时，亦寄寓了极大的悲愤力量。现在多用来形容虽有满腹学问，可惜有志难伸的困境。尾联作者告诉众人，不要因为诗多表现愁思就成了谶语，春鸟与秋虫他们的叫声都是自然的产物，而其代表的不同象征仅是人为附加的因素而已。尾联亦富含哲理性，阐述了人的主观意识对客观事物的影响。

【注 释】

　　① 谶（chèn）：秦汉间巫师方士编造的预示吉凶的隐语，指将要应验的预言、预兆。

【名句】

十有九人堪白眼，百无一用是书生。

癸巳除夕偶成

清·黄景仁

千家笑语漏迟迟，忧患潜从物外知。
悄立市桥人不识，一星如月看多时。

【题 解】

这首诗是作者在乾隆三十八年的除夕之夜，万家团圆的时刻，一个人踽踽独行时创作的诗歌。"千家笑语漏迟迟"，当除夕来临，万家灯火中传来的是别人热闹的欢声笑语，在他们愉悦的气氛中仿佛时间也为之驻足。猛然间，忧患生于作者心中，他突然意识到这种欢乐的景象是难以持久的。他从世事的变化中敏锐地察觉到了"康乾盛世"背后潜藏的危机。"忧患潜从物外知"阐发了由表象发掘事物本质的过程，认识是由表及里、由浅入深的。这首诗所要表达的哲理与"见微知著"类似，作者提醒众人不要被眼前的欢乐遮蔽了眼睛，因为祸福相依，要能够听到欢愉背后哀哭之声。

吴兴杂诗

清·阮元

交流四水抱城斜，散作千溪遍万家。
深处种菱浅种稻，不深不浅种荷花。

【题 解】

这首诗以清新脱俗的语言描述了江南水乡的秀美风光，还包含了作者的哲学思考。首句"交流四水抱城斜"描写了吴兴城水网密布，河道纵横的景色风光。"散作千溪遍万家"简明扼要地描绘了江南水乡的独特风貌，蜿蜒迤逦，形象而生动。"深处种菱浅种稻，不深不浅种荷花"则显示了居住在此的居民充分利用河网纵横的条件，因地制宜地种植作物。作者从耕种经验中总结出了认识论应该遵循的原则，即根据客观实际，实事求是地研究和考察事物的本质属性。

己亥杂诗 三百一十五首选二

清·龚自珍

其 五

浩荡离愁白日斜，吟鞭东指即天涯。
落红①不是无情物，化作春泥更护花。

【题解】

　　这首诗谈论的是人生价值的问题,即如何超越时空或个体的局限性,而成为对社会有所贡献的人。"存在与超越"是本诗关注的焦点。

　　诗歌的前两句描述的是时空的无限性与人生的有限性之间的矛盾。作者此时刚刚辞官归隐,虽然已经离去,但内心始终牵挂着朝政。往日所期望立下的功业在今天已然化作了泡影,面对着落日,诗人不禁产生了人生有限,逝者如斯的感慨。

　　然而作者的意志并未就此消沉下去,他虽然已经成为"落红",但并不意味着他的存在是没有意义的。他的使命变成了"护花",将自我之躯变成养分,供给后来者。这样就完成了诗人自身价值的评判,他从独立的个体变成了整体的部分,从而超越了时空的限制,显示了个人的价值。诗人追求的是一种奉献式的人格理想,所谓"终是落花心绪好",他始终保持着昂扬向上的心态,这种心态也是他能够超越时间限制的一重原因。

【注 释】

　　① 落红:落花。

【名句】

　　落红不是无情物,化作春泥更护花。

其二百二十

　　九州生气恃风雷,万马齐喑① 究可哀。
　　我劝天公重抖擞,不拘一格降人才。

【题解】

　　《己亥杂诗》是作者创作的一系列组诗，共三百余首，本诗是其中的第二百二十首。己亥年是清道光十九年，此年作者辞官归隐，在京城与杭州之间来往奔波，这些诗作就写于这一阶段。这些诗作的主要内容是提倡变法、"改图"，充满了变革的激情，是作者对当时社会政治的感悟。诗歌描述了当时的黑暗现实，寄寓了作者求贤若渴之情。

　　清代惨烈的文字狱使得文人们噤若寒蝉，不论是朝臣还是"野叟"都不敢就现实政治发表议论，而只能埋首故纸堆间，皓首穷经来度过一生。这种思想上的钳制导致了"万马齐喑"的死气沉沉的现实社会。作者认为要改变这种沉闷腐朽的现状，就必须依靠风雷激荡般的巨大力量，实际上暗指必须经历波澜壮阔的社会变革才能使中国变得生机勃勃。

　　作者认为变革的力量来源于新的人才，因为朝廷之上已经被陈腐的力量所充斥，需要新鲜的血液来为机体注入新的力量。执政者所应该做的就是破格荐用贤才，只有优秀人才成为中国政治可以依靠的对象时，国家才有希望。

　　此诗格局宏大、气魄非凡，充满了昂扬向上的激愤之情，将哲思与诗情完美地结合在一起，是一首寓意深刻，气势磅礴的佳作。

【注 释】

　　①喑（yīn）：黯哑，沉默不语。

【名 句】

　　我劝天公重抖擞，不拘一格降人才。

新　雷

清·张维屏

造物① 无言却有情，每于寒尽觉春生。
千红万紫安排著，只待新雷第一声。

【题 解】

　　张维屏，清代官员、诗人。这首《新雷》是作者有感于晚晴黑暗的政治现实创作的诗歌，表现了"物极必反"的哲理，暗含着作者对未来的美好期待。诗歌将造物主描述成一位无言的"有情人"，在拟人化的写法中赋予诗歌生气和活力，以及暖暖的温情。"寒尽春生"乃是自然规律之一，是不以人的意志为转移的。"千红万紫安排著"乃是诗人的想象之语，这一句写得紧张而有序，春天的各种景色、鲜花好像运动员站立在起跑线上一般，等待着发令枪的召唤。而这发令枪就是那惊破春梦的"新雷"，"新雷第一声"是临界的标志，是量变与质变之间跨越的桥梁。

　　此诗以自然比喻人事，表现了作者对腐朽事物要求变革的强烈愿望。作者的期望是基于对客观现实的认识，他之所以认为会出现变革，乃是因为矛盾双方在一定程度上都会向对立面转化，事物存在由量变到质变的过程。晚清积贫积弱的现实已经到了质变的边缘，中国的新生也一定会到来！

【注 释】

　　① 造物：创造世间万物的力量，泛指神明。

咏 史

清·张裕钊

功名富贵尽危机，烹狗藏弓剧可悲。
范蠡浮家子胥死，可怜吴越两鸱夷①。

【题 解】

张裕钊，晚清散文家、书法家。此诗是作者阅读史书时所产生的感受，他通过吴越争霸中人事的变迁阐述了"祸福相依"的道理。诗歌的首联指出了产生危机的根源乃是功名富贵，因为功成名就之后往往意味着往日同甘共苦的伙伴面临着利益分配的新困难，为了争夺名利，朋友君臣间往往反目成仇。"共甘苦而不可共富贵"是古今所有掌权者的通病。"范蠡浮家子胥死"说明了范蠡与伍子胥都是因为"鸟尽弓藏"而被掌权者牺牲掉的。他们虽然一死一逃，结局有所不同，但内在本质都是相同的。作者通过警醒众人不要追求功名富贵，阐述了祸患隐含其中的道理，具有警世醒世的作用。

【注 释】

① 鸱夷：指伍子胥。《史记·伍子胥列传》："吴王闻之大怒，乃取子胥尸盛以鸱夷革，浮之江中。"

舵

清·俞樾

路当平处能持重，势到穷时妙转移^①。

只惜功多人不见，艰难惟有后人知。

【题解】

　　俞樾，清末著名学者、文学家、经学家、书法家，清代朴学的殿军人物之一。此诗是诗人《舟中三君子》中的第一首，其他两首分别是《篙》和《纤》。此诗描述了舵在行驶时所发挥的指引方向的巨大作用，赞扬了它济人危难、稳重安定的智慧，借以表现那些历史上的著名人物如同舵一样所具有的美德，同时还隐含了对他们高风亮节、不事张扬个性的称誉。

【注释】

　　① 转移：改变，比喻渡过难关。

己亥杂诗 八十九首选三

清·黄遵宪

其 五

云中水火界相争，相触相磨便作声。

此是寻常推阻力，人间浪作震雷惊。

【题 解】

　　这首诗通过描述雷在自然界的形成过程，阐述了事物之间普遍联系的哲理，并且以小见大，无意中揭示了拓扑学连锁效应的原理。"云中水火界相争"是诗人对雷形成现象的描述，这个认识带有时代的局限性，不可苛责。作者所处的时代，电子是当时人类对微观世界最新的认识成果，"相触相磨便作声"正是对电子间相互摩擦现象的描述。作者将这种自然科学取得的认识成果写入诗歌，并通过提炼深化得出了新的哲理，即事物之间存在着普遍的联系。电子之间的摩擦是一种联系，它是日常存在的极为普遍的现象，这是其中一层含义，也是"寻常推阻力"的含义。而电子摩擦产生的爆响，也即所谓的雷声又是另一重联系。第三，这阵阵的惊雷影响着人世间生活的普通民众，他们闻雷而心惊，知道很快就要下雨了。这是联系普遍存在的第三重现象。

　　小小的电子之间，竟能产生如此大的能量。它们的行为是自然规律，却能在人们心中引起这样大的波澜。这是诗歌所揭示的拓扑学中的"蝴蝶效应"，它指的是初始条件下微小的变化能带动整个系统的长期的巨大的连锁反应。

其　八

　　梦回小坐泪潸然，已误流光五十年。
　　但有去来无现在，无穷生灭看香烟。

【题 解】

　　黄遵宪在晚年仿效龚自珍创作了《己亥杂诗》八十九首，大约在光绪二十五年前后。梁启超称这些诗歌是作者"一生历史之小影"，这个说法应该是正确的。作者此时回忆已经度过半百的生命，突然发现自己为之奋斗的故国依然无所改变，自己的努力化作一番流水。这使他感到深深的绝望。

"但有去来无现在"一句是作者清醒的意识，我的生命只有对于过去的回忆，而我的未来也非常清晰，那就是迈向死亡的终极。可是作者缺少的恰恰是他最为珍惜的时间，他深刻地认识到自己已经没有了"现在"。"无穷生灭看香烟"则充满了哲理意味，香烟飘渺，它既是有形之物，又是无形之物。它刚刚产生的时候可以被视觉捕捉，可是当它飘荡无影的时候仿佛又彻底消失了。但香烟真的不存在了吗？答案是否定的，它可以被嗅觉察觉，依旧存在。这种生灭循环颇具有佛教轮回因果的色彩，是作者晚年消极悲观情绪下产生的对人生的主观感悟，其中充满了辩证的色彩。

其　九

日光野马息相吹，夜气沈沈万籁微。
真到无闻无见地，众虫仍着鼻端飞。

【题解】

此诗是作者对险恶政治生活的描绘。首联二句"日光野马息相吹，夜气沈沈万籁微"都是化用庄子典故写成的。"野马息吹"的本义是说造化无穷，变幻多端，雾气浮动的形状如同奔驰的骏马，而尘埃漂浮游荡，这都是由于世间万物相互吹息造成的。天籁即天风吹动山石孔窍而发出的声音，泛指自然界所发出的各种声响。这两句反映了事物之间存在普遍联系的观点。

"真到无闻无见地，众虫仍着鼻端飞"说的是作者哪怕已经退让到"无闻无见"的境地，与外界不发生任何联系了，但还是有飞虫在他眼前飞来飞去。这是讽刺那些小人无端生事、搬弄是非，给诗人平静的生活造成了无端的烦恼。此句是本诗的名句，也是哲理意味最浓的一句。

现代人引用它的过程中又生发出了新的哲理，指那些虽然已经失去权势之人依然拥有强大的影响力，在他的周围还有不少小人，仰仗其鼻息生活。

【名句】

真到无闻无见地，众虫仍着鼻端飞。

晨登衡岳祝融峰

清·谭嗣同

身高殊不绝，四顾乃无峰。
但有浮云度，时时一荡胸。
地沉星尽没，天跃日初熔。
半勺洞庭水，秋寒欲起龙。

【题解】

这首诗记述了谭嗣同登上衡山时的感受，是作者壮志豪情的集中体现。祝融峰是衡山的主峰，相传祝融氏做过帝喾的火官，其功绩是"以火施化"，被后世尊为火神，他死后葬在衡山之阳，后人以衡山的主峰为祝融峰来纪念他。

诗歌的首联，作者从高处着笔，以俯瞰万物的气势描绘了祝融峰的高峻，暗含着对自我人格的期许，"四顾乃无峰"写出了作者傲视群雄的气魄。诗歌的尾联是本诗的精华所在，也是体现哲理性的诗句。"半勺洞庭水"写出了祝融峰的高峻，俯视之下，仿佛洞庭湖都变成了一勺之水。这种高绝的景象不禁让人产生联想：人要高瞻远瞩，只有站在高峰之上，隐含着立志高远，心怀天下的含义。作者将自己比作一条将要乘风而起，行云布雨的巨龙，在天下哀哀、寒风凛冽的现实中实现自己的价值理想。

【名句】

半勺洞庭水，秋寒欲起龙。

狱中题壁

清·谭嗣同

望门投止思张俭，忍死须臾待杜根。
我自横刀向天笑，去留肝胆两昆仑。

【题解】

这首诗表现了谭嗣同作为一名理想主义者甘愿为革命事业献身的大无畏精神，是中国儒家哲学中"杀身成仁"精神的体现。首联写维新变法失败后，参与变法者到处流亡躲避的窘迫处境，写出了作者的辛酸与苦楚。"望门投止"出自《后汉书·张俭传》，张俭因上书弹劾宦官侯览图谋不轨，反被侯诬为结党营私，被迫逃亡。作者希望那些逃走的维新志士能够学习杜根的忍耐，坚持到胜利到来的一天。

"我自横刀向天笑，去留肝胆两昆仑"是千古传诵的名句，作者所表现出的大无畏精神令人赞叹。"杀身成仁"是儒家哲学里关于奉献的最高境界，《论语·卫灵公》云："志士仁人，无求生以害仁，有杀身以成仁。"为了正义事业而献出生命的代价，只有那些真正的革命者，

才会勇敢地面对敌人的屠刀，这是因为他们的道德品质已经臻于至善，而他们对于生命的体悟也已达到哲学层面的高度。

【名句】

我自横刀向天笑，去留肝胆两昆仑。

早梅叠韵

清·宁调元

姹紫嫣红耻效颦，独从末路见精神。
溪山深处苍崖下，数点开来不借春。

【题 解】

此诗是通过赞美早梅凌寒开放的傲岸不屈，表现诗人对自由精神和独立品德的向往。首联"姹紫嫣红耻效颦，独从末路见精神"描绘了梅花不与众花为伍，睥睨世俗的伟岸姿态。

"溪山深处苍崖下，数点开来不借春"点出了早梅盛开的地点，它不选择在闹市人群中开放，而是躲避在深山断崖之下。这种危险的地方罕有人迹，它选择在此处开放意欲表明自己不是为了愉悦世人而绽放花朵，同时也呼应了上文中的"末路"，暗示诗人所处环境的艰难和危险。"数点开来不借春"则是诗人精神的表现，梅花淡淡地开放了几朵，是其凭借自身的努力得来的，而不是春天的功劳。"不借春"也可以解释为不将花朵借给春天，意为诗人不会向达官显贵、功名利禄低头。他会坚持个人的品德，不慕荣利，不附权势。

图书在版编目（CIP）数据

古代哲理诗三百首 / 韩达编著.— 北京：中国国际广播出版社，
2014.9（2019.6 重印）
（中华好诗词主题阅读丛书）
ISBN 978-7-5078-3754-4

Ⅰ.①古… Ⅱ.①韩… Ⅲ.①古典诗歌－诗集－中国 Ⅳ.①I222

中国版本图书馆CIP数据核字（2014）第191990号

古代哲理诗三百首

编　著	韩　达
责任编辑	张淑卫　张娟平
版式设计	国广设计室
责任校对	徐秀英

出版发行	中国国际广播出版社（83139469　83139489 [传真]）
社　址	北京市西城区天宁寺前街2号北院A座一层
	邮编：100055
网　址	www.chirp.com.cn
经　销	新华书店
印　刷	香河利华文化发展有限公司

开　本	640×940　1/16
字　数	200千字
印　张	19
版　次	2014 年 9 月　北京第一版
印　次	2019 年 6 月　第二次印刷
定　价	40.00元

CRI
中国国际广播出版社

欢迎关注本社新浪官方微博
官方网站 www.chirp.cn

版权所有
盗版必究